Niko Teil 3
Alles hunderbar in Dackelhausen

„Alles hunderbar in Dackelhausen" ist dieses Mal in vollem Umfang meinem geliebten Mann, Wolfgang Roschke, gewidmet:
„You're the best – sorry for the rest!"
In tiefer Liebe, Verbundenheit und Dankbarkeit und mit den allerbesten Wünschen zu deinem Geburtstag – i. l. d.,
deine Anja

Mein weiterer Dank gilt:
Birgit Neureither für flottes und immer einsatzbereites Tippen. Falko Keller für Layout und Aufbereitung, sowie Ulrich Mittmann für wieder neue und lustige Dackelcomics.
You're all great, thanks!

"Solange du einen Hund hast, hast du einen Freund"

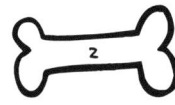

Inhaltsverzeichnis:

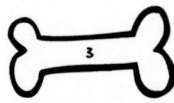

Niko

foto by photoDogs

Kapitel 1

Mal wieder willkom-
men im verrückten
Dackelhausen

Mit einem Hund an einem herrlichen Nachmittag an einem
Hang zu sitzen, kommt dem Garten Eden gleich, wo Nichts-
tun nicht Langeweile war, sondern frieden.

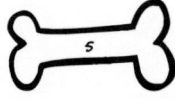

Erst einmal hallo und endlich wieder willkommen in Dackelhausen - ihr erinnert euch, das ist der geheimnisvolle Ort, an dem ich, euer alter Kumpel Niko, mit meinem durchgeknallten Hunderudel im total verrücken Buffitollhaus lebe! Fühlt euch eingeladen wieder in meinem kleinen und schönen Kosmos!

Die Zeit rast nur so vorbei und mittlerweile steuere ich, nach euren Regeln gerechnet, schnurstracks auf die 100 zu, denn ihr erinnert euch hoffentlich noch, dass es mein größter Wunsch war auch unbedingt HUNDert zu werden!

Diesbezüglich komme ich auf meine nach wie vor vorhandenen Gebrechen später zurück - es gilt von den schönen Dingen des Lebens zu erzählen und das sind für mich nach wie vor, ihr werdet es niemals erraten, immer noch: DIE WEIBER! Getreu einem Song der Rolling Stones war und ist mein Motto weiterhin: „I can't get no satisfaction". Vielleicht wisst ihr ja, wie das ist, wenn die Hormone Tango tanzen? Und … man muss ja schließlich Leben ins Leben bringen und ich sage euch: my life is FUN-tastic!

Das grundsätzliche Problem der Weiberbeschaffung hat sich allerdings leider in meinem Leben noch nicht geändert, wenn ich auch oftmals hübsche Damen im Visier habe. So z. B. läuft bei uns am See regelmäßig eine sehr nette Frau mit

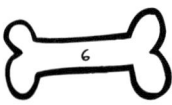

zwei ungewöhnlich schönen Möpsen (... nein, nicht was ihr schon wieder denkt – mit zwei ungewöhnlich schönen Buffis der Rasse Mops). Nicht nur die Chemie, auch die Größe würde stimmen, doch wer sich alles versagt, der versagt mal wieder! Auch hatte ich schon in Erwägung gezogen mich mit unserem jüngsten Rudelmitglied, der süßen Gretel einzulassen, deren Gerüche mich phasenweise durchaus verzückten, doch

wenn so ein alter Sack wie ich mit so einem jungen, hübschen und nicht mal volljährigen Gemüse hemmungslosen Sex hat, das grenzt doch sehr an Bunga Bunga! So etwas geht doch nicht – Schmiergeld und Juwelen hin und her, aber ihr wisst ja, wenn man einer Frau EINE Kette kauft, diese Lady dann auf den Geschmack gekommen ist und darauf hin immer weitere Ketten einfordert, so nennt man dies: eine KETTEN-REAKTION! Capito? Nicht mit mir und schließlich hab' ich ja Charakter: bei mir gibt es keine Schmiergeld-AFFÄREN. Also bleibt es bei der Tatsache, dass ich täglich ausgefallenen Sex habe ... ja, leider fällt er immer wieder aus!

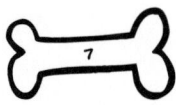

Im Alter wird leider nicht nur der Sex weniger, sondern auch die Männlichkeit und derer Attribute, vor allem, wenn man auch ständig außer Übung bleibt. In Mannheim sagt man: „es ist alles eingeschrumbelt". In ein verständliches Deutsch übersetzt bedeutet dies: im Alter wird man nicht knackiger! Aber diese Tatsache ist euch Zweibeinern ja auch bestens bekannt, denn auch von euch hört man gruselige Geschichten des Älterwerden, wie z. B.: euer Gewebe wird teigig, die Muskeln lassen nach – auch optisch, Hautveränderungen, Hornhautschwielen, Warzen, Altersflecken, Falten, die Haare fallen aus und werden grau, Übergewicht, Gebrechen, Krankheiten, ungeahnte Körperdüfte, alles hängt der Schwerkraft entgegen, Nasolabialfalten, die Nägel werde dick und globig, Zähne fallen aus, grauer Star, Demenz usw. und ich muss mich wiederholen: älter werden ist nichts für Feiglinge! Im Vergleich zu euch Zweibeinern haben wir Buffis ja direkt noch Glück im Alter! Also ich kann in diesem Punkt nur für mich sprechen und mit meinen 95 Jahren bin ich noch ein echt toller Hecht! Meine Figur ist weiterhin stattlich, ich habe, bis auf einen, noch alle Zähne, ich bin nicht übermäßig grau, wobei meine Behaarung sich etwas spärlicher, als zu meinen besten Zeiten entwickelt hat! Dieses führte auch zu völliger Ohrhaarlosigkeit! Dieses Missgeschick und ihr werdet es vielleicht schon ahnen, brachte mir natürlich wieder einen neuen Namen in meinem Namenssortiment ein: Glatzkopfohrli!

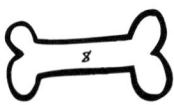

Zudem singt mir mein Frauchen ab und an ein selbstgedichtetes Liedchen mit folgendem Text vor:

„Der Nikolaus, der hat kein Haar am Ohr, der Nikolaus, weil er sein Haar verlor".

Was soll ich davon bloß halten? Nun gut, solange es nicht ganz Mannheim im Chor singt, will ich mal souverän über der Sache stehen!

Dennoch machte man sich Gedanken um den Zustand meiner Ohren im eiskalten Winter oder knallheißen Sommer! Ohren ohne Haare frieren schnell ein oder bekommen im Sommer einen mächtigen Sonnenbrand! Was kann man da tun? Da Haarverpflanzungen für uns Buffis nicht zur Debatte stehen, erwog man ein Kunsthaarspray! Es gibt ja bekanntlich für Zweibeiner Kunsthaare in Spraydosen! Doch wer weiß, wie viel Chemie da auf unsere armen Buffiglatzkopfohren gelangen würde? Und nachher kratzt man sich an den Ohren und hat den ganzen Kram zwischen den Pfoten hängen – pfui Teufel, bloß nicht! So wurde das Problem bei Extremsttemperaturen mechanisch gelöst: bei minus 15 Grad Kälte gab's einen Warmhalteohrenschützer und bei 40 Grad Hitze ohnehin nur Gassi im Schatten und Sonnenschutzcreme mit LSF 40 auf die kahlen Stellen. Dumm darf man sein, man muss sich nur zu helfen wissen, oder? Dennoch gebe ich die Hoffnung nicht auf, dass meine Ohrbe-

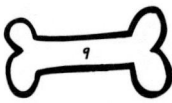

haarung sich wieder verbessert, da ich ja auch seit neustem Schilddrüsentabletten einnehme und immerhin machte man mir etwas Hoffnung – lassen wir uns überraschen! Aber Leute, mein ganzes Dackelrudel steht Schlange und jeder will euch mal eben hallo sagen, also gebe ich das Wort weiter. Wir hören voneinander.

Bussi, euer alter Freund und S-experte, Niko!

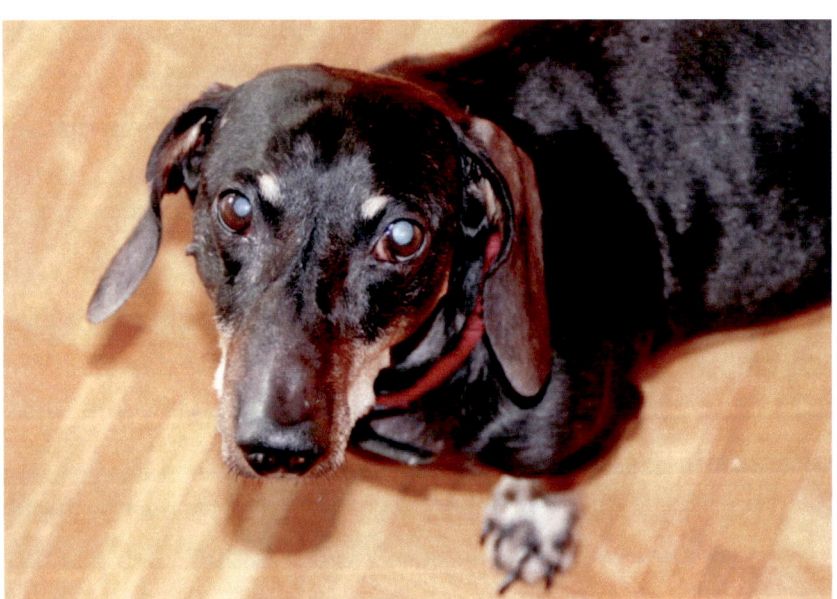

Der gute Niko mit 13 1/2 Jahren

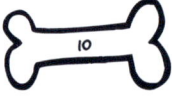

Josef spricht

Kapitel 2

Das erste Mal

Hunde sind unsere Verbindung zum Paradies!

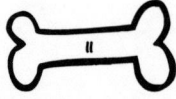

Wow, ich, Josef, darf endlich auch mal wieder hallo sagen und etwas berichten. Es wird höchste Zeit nach unserer letzten Pause. Wir haben ja dieses Mal beschlossen, uns nicht so lange Zeit zu lassen mit unseren Erzählungen aus Dackelhausen, da mein geliebter Halbbruder Niko ja bekanntlich steil auf die HUND-ert zugeht. Und ihr kennt ja sicherlich Erich Kästner's Zitat: „Wird's besser? Wird's schlimmer? Fragt man alljährlich, seien wir ehrlich: Leben ist immer lebensgefährlich." Und natürlich freuen wir uns alle sehr, dass unser guter Niko momentan so mopsfidel ist und sich pudelwohl in unserer Dackelrunde im verrückten Tollhaus in Dackelhausen fühlt! Wir haben in den letzten Monaten viele verrückte, schöne und auch traurige Dinge erlebt und mit vier Buffis im Haus ist immer noch ganz schön was geboten, das kann ich euch sagen! Wir werden es euch peux à peux berichten! Vor allem mit meiner kleinen Tochter Gretel haben wir viele lustige Momente erlebt und unser Frauchen Xenia sagt immer, Gretelchen sei das wildeste Ding seit der Steinzeit! Gretel entdeckt gerade die Welt und Vieles ist das erste Mal für sie: Das erste Mal einen Schmetterling jagen, das erste Mal einer Katze hinterher flitzen, die erste große Klappe irgendwelchen Riesenbulldoggen gegenüber, das erste Mal läufig werden, die ersten Hormone, den Jagdtrieb entdecken, das erste Mal Auto fahren, den ersten Urlaub, das erste Mal in den Teich gefallen, die ersten Tierarztpiekse, den ersten Schnee und so weiter!

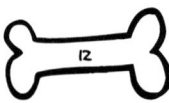

Eines der schönsten ersten Erlebnisse mit unserem Gretelchen war allerdings das erste Halsband! Gretel war noch so
winzig und unbedarft, dass sie Gassi gehen nur in ganzer
Freiheit kannte! Als sie jedoch im Raktentempo wuchs, war
die Zeit gekommen, zu lernen mit einer Leine Gassi zu gehen. Sie war schon immer ein kleines, wildes Ding und als
unser Frauchen Xenia das erste Mal mit dem Halsband kam,
dachten wir, Gretelchen dreht völlig durch! Es war nahezu
schon eine Kunst ihr das Halsband um den Hals zu legen
und zu verschließen. Als dieses geschafft war, war mit einem Mal eine Seelenruhe. Gretel stand da wie angewurzelt!
Es war die Ruhe vor dem Sturm! Denn aus heiterem Himmel
schoss sie in Windeseile los, raste wie vom Blitz getroffen
quer durchs ganze Haus, die Treppen hoch, die Treppen runter, hin und her und dieses ohne Pause, ganze 30 Minuten
lang! Wir dachten, jetzt kriegt sie gleich einen Herzschlag
und es war, als wollte sie dem Halsband entfliehen, welches
jedoch nicht loszuwerden war! Nach 30 Minuten war wieder
Stille – sie hatte sich beruhigt und ab diesem Moment waren
weder Halsband noch Leine irgendein Problem für unseren
wilden Nachwuchs.

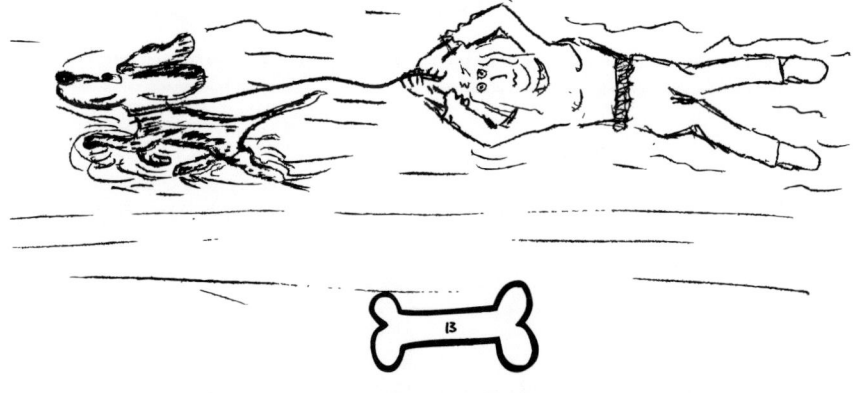

Das zweite sogenannte lustige erste Mal war Gretel und die Enten bei uns auf dem See! Vorab sei erwähnt, dass unsere Gretel eine absolute Wassernudel ist. Alles was nass ist, ist Gretels Lebenselixier. Wenn unser Frauchen Xenia den Garten mit dem Schlauch spritzt, da jagt Gretel dem Wasserstrahl hinterher und versucht ständig, ins Wasser zu beißen! Das macht ihr so eine große Freude, dass Frauchen stundenlang mit ihr das Wasserstrahlspiel spielt und alle sich krümeln vor Lachen! Zudem hüpft Gretel in jeden auch noch so kleinen Wassertümpel, auch ins Kinderplantschbecken, vor allem, wenn Alexander und Tim darin Wasserschlachten veranstalten muss Gretel mittendrin sein, nimmt Anlauf und fliegt in hohem Bogen dazu und hat viel Spaß! Die Kinder lachen sich dann natürlich auch völlig schlapp. Nur leider hält unser Planschbecken das nicht gut aus, wenn die Hundekrallen mit Fluggeschwindigkeit sich in das Plastik bohren.

Verständlich ist es auch, dass unsere Gretel es liebt, in dem See vor unserer Haustüre zu schwimmen. Mit einem Satz ist sie drin, Schnäuzlein und Schwänzlein oben und dann wird durch den See gerudert. Dieses ging so lange gut, bis zu dem besagten Tag des ersten Males. Gretel erspähte nicht unweit entfernt eine nette kleine Ente und mit einem Mal entfachte das Jagdfieber in ihr und das mitten im Wasser. Wie eine Verrückte, in Windeseile schwimmend, hat sie die Ente durch den halben See verfolgt, ungeachtet aller Gefahren. Es

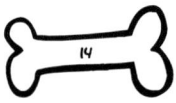

schwimmen zwar keine Krokodile und Piranhas bei uns im kühlen Nass, die kleinen Dackeln gefährlich werden könnten, aber dafür gibt es bei uns eine Wasserskianlage und Gretel schwamm schnurstracks in Richtung Wasserskifahrer, während Frauchens Rufe in der Ferne verhallten! Es ist für einen kleinen schwimmenden Dackel nicht gut, wenn er von einem fahrenden Wasserskifahrer die Bretter voll Karacho auf den Kopf gedonnert bekommt! 99,9% aller Dackel werden dann ohnmächtig oder verletzt sein und finden dann im See ihre letzte Ruhe! Das ist nicht das, was Xenia, unser Frauchen, anvisierte, wenn sie schreiend am Ufer stand und ohnmächtig dem Entenjagdszenario zusah. Doch die schlaue Ente wollte ja auch nicht überfahren werden und schwupps flog sie davon! Gretel war ratlos – wo war sie hin? Genau jetzt schrie

Frauchen umso lauter und es dauerte zwar noch mindestens eine Ewigkeit, aber Gretelchen kam irgendwann zurück geschwommen. Sie hatte viel Spaß und mächtig was erlebt, aber ein besorgter Dackelvater stellt hiermit ein paar Worte in den Raum: es ist IMMER das erste Mal … auch wenn man stirbt … bloß dann ist es auch das letzte Mal.

Good luck, meine Tochter, pass auf dich auf, dein Papa Joe

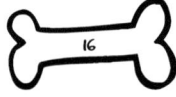

Kapitel 3

Der Duck-el

Du kannst mit den grossen Hunden jagen oder auf der Veranda bleiben und kläffen!

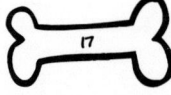

Oh, was wird hier bloß alles über mich, das Gretelchen, erzählt? Mensch Leute, macht doch aus einer Fliege keinen Elefanten! Nicht umsonst nennt man mich ja DUCK-el (eng. Duck= Ente)! Lasst mir doch meinen Spaß! Wobei leider ist es seit meinem letzten Entenausflug schwierig geworden mit der Entenjagd, denn ich muss an der Leine bleiben, vor allem, wenn der Wasserskibetrieb läuft. Doch einmal, da hatte ich eine weitere Sternstunde! Hierzu müsst ihr wissen, dass wir ein kleines Grundstück am See gemietet haben, in der Hoffnung, dass wir alle – Mensch und Tier – dort schöne viele Strand- und Wasserfreuden genießen können. Für uns Buffis ein rechtes Paradies, können wir dort rennen, flitzen, buddeln, uns wälzen, uns gegenseitig jagen, ab und zu ins Wasser um uns abzukühlen oder um ein Schlückchen zu trinken.

Damit ich allerdings nicht abhauen konnte, zog man eine Schwimmschnur quer übers Wasser mit vielen aneinander gereihten Styroporkugeln, so dass ich bis zu den Kugeln zwar schwimmen konnte, mir jedoch die Entenjagd versagt blieb! Das passte mir ganz und gar nicht. Oft konnte man mich beobachten, wie ich am höchsten Punkte des Gartens stand und sehnsüchtig auf den See hinab blickte. Ich wollte doch so gerne zu meinen Enten und die gefiederte Gesellschaft etwas aufmischen. Und ihr erinnert euch ja an die 14 Goldenen Regeln der Dackel – eine davon war: geht nicht,

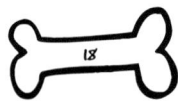

gibt's nicht! So musste Plan B greifen: ich untersuchte den Zaun zum Nachbargrundstück – Zentimeter für Zentimeter und siehe da – es gab eine kleine Lücke! Mit ein bisschen Buddeln müsste doch da ein Dackel unter dem Zaun hindurch passen! Gesagt, getan – es war nicht einmal ein Hexenwerk und schwupps war ich nebenan! Dort gab es keine Styroporkugelkette und es ging ab in die Freiheit, schnurstracks ins Wasser, dem Ruf der Natur folgend! Frauchen Xenia war gerade am Gießen und mit einem Mal erblickte sie mich, als ich gerade vom Ufer wegschwamm und nichts und rein gar nichts mich aufhalten konnte.

Reflexartig rannte Frauchen ins Wasser, in der Hoffnung, mich noch am Schlawitchen packen zu können, haha, doch ich war schneller! Da Frauchen in der Eile keine Zeit hatte sich noch ihrer Hose zu entledigen, ging sie mit selbiger ins Wasser und war klitschnass. Auch Handys in der Hosentasche mögen das nicht, aber was scherte mich das! Ich bin jung und wild – was denkt man sich dabei. Wieder schwamm ich zu den Wasserskifahrern und mein armes Xenia-Frauchen stand mit klitschnasser Hose im Wasser und rief mich pausenlos. Es ist nichts passiert, dem Gott für wilde Dackelkinder sei Dank! Und natürlich kam ich ja auch irgendwann wieder zurück ... wie gesagt irgendwann und vor allem NACHDEM ich meinen Spaß hatte! Also wieder viel Wind um nix!

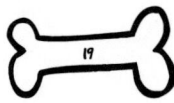

Frauchen lief mit triefender Hose nach Hause zurück, schimpfte wie ein Rohrspatz … apropos Rohrspatz - was ist das denn eigentlich? Vielleicht etwas zum Jagen für mich? Wär' doch was!

Küsschen, eure Wasserratte Greti

Wo sind bloss die Enten – ich muesste mal wieder jagen gehen! Gretel + Kira

Kira spricht

Kapitel 4

Regelerweiterung

Hunde sind nicht unser ganzes Leben, aber sie machen aus einem Leben ein Ganzes!

Halli, hallöchen, ich würde mich auch gerne mal zu Wort melden! Ich, eure adlige Kira, gehöre ja schließlich auch dem wilden Dackelclan an!

Ihr erinnert euch, ich bin die Mama von Gretel, und nach wie vor sind wir ein Herz und eine Seele – Mutter und Tochter!

… nur zur Entenjagd, da komm ich nicht so gerne mit, wenn auch ich Wasser über alles liebe.

Gretel hat ja übrigens die 14 goldenen Regeln der Dackel erwähnt und ich möchte sie euch nochmals wiederholen und 3 neue Regeln ergänzend hinzufügen:

Die jetzt 17 goldenen Regeln eines Dackels:

1. Ein Dackel macht im Allgemeinen, was er will!
2. Ein Dackel denkt, er hat die Mindesthöhe einer Kuh!
3. Ein Dackel bildet sich ein, Kräfte von 10 ausgewachsenen und wild gewordenen Ochsen zu beherbergen!
4. Ein Dackel ist ein Staubsauger, vor allem dort, wo Essensreste scheinbar übrig liegen geblieben sind!
5. Ein Dackel frisst, was ihn nicht frisst!
6. Ein Dackel ist immer auf dem Laufenden – Informationsbeschaffung ist das halbe Leben!
7. Ein Dackel ist ein Herz auf vier Beinen mit dem treuesten Blick des Universums!
8. Die Durchschnittslänge eines Dackels ist lang!
9. Der Dackel hat teure Hobbies (z. B. Zerlegung antiker

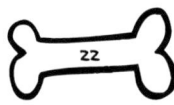

Möbel, Verarbeitung wertvoller Teppiche, Aufessen von Dekorationen, Zernagen leckerer Wollpullover und anderer Kleidungsstücke usw. - die Liste ließe sich x-beliebig lange fortsetzen)!

10. Der Dackel - vor allem der männliche - ist allzeit bereit!
11. Ein Dackel ist ein Kampfhund - zumindest rein innerlich und situationsgebunden!
12. Ein Dackel kennt keine Furcht!
13. Die Devise eines Dackels ist „Geht nicht, gibt's nicht"!
14. Der Dackel ist immer noch „the best - sorry for the rest"!

So, und nun gibt's die Regelerweiterungen:
15. Schlecht hören kann der Dackel gut!
16. Die Lebensphilosophie eines männlichen Dackels: wenn du's nicht fressen oder rammeln kannst, dann piss drauf!
17. Der Dackel hat immer das letzte Wort (auch wenn es ein leises „bäff" ist)!

Also Leute, für den Moment habe ich auch das letzte Wort - ihr hört bald wieder von mir!

Bussi, eure liebe Kiramama

Kira geniesst sommerliche Momente

24

Kapitel 5

Ach du dicker Hund

Der Hund ist der sechste Sinn des Menschen

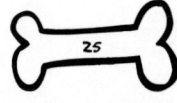

Hallo Freunde, wisst ihr eigentlich, dass Anima die Seele heißt – kein Wunder also, dass „animal" das englische Wort für Tier ist, oder? Gerade uns Buffis wird ja auch eine gute Seele nachgesagt und wenn ich, Niko, mir überlege, dass mich und Frauchen eine große Seelenverwandtschaft oder Seelenliebe verbindet, wärmt mir das enorm mein Herz! Das sind Werte, die gerade in unserer Welt selten geworden sind, deshalb sind sie auch so kostbar! Heutzutage geht ja alles darum, toll zu sein, wir leben ja sozusagen in einer „ICH BIN DER TOLLSTE HECHT-GESELLSCHAFT". Jeder möchte der oder die Beste sein, der/die Schönste, Größte, Schlankste, Tollste und es macht den Anschein, als bräuchte man einen fetten Satz auf seiner Stirn geschrieben haben: „ich bin toll" … nur leider sind nicht gerade die immer die Tollsten, die sich dafür halten! Da klafft sozusagen die Selbsteinschätzung mit der Fremdeinschätzung meilenweit auseinander. Und es stellt sich die Frage: Muss man überhaupt der oder die Tollste sein und falls ja, warum eigentlich? Muss man von weitem schon leuchten, schrill, laut sein oder auffallen um jeden Preis? Leute, nehmt euch doch ein Beispiel an mir – mir ist es gar nicht wichtig, der Tollste zu sein und dennoch bin ich es – grins! Vielleicht ist das der Schlüssel zum Erfolg? Heutzutage gehört es übrigens auch zum Erfolg schlank zu sein – wehe, man ist es nicht und passt im wahrsten Sinne des Wortes nicht in die Schublade! Wehe, der Body Maß Index ist ins Uferlose verrutscht! Gott sei Dank gibt es keinen

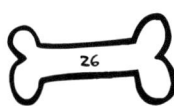

BMI für Buffis! Wir sind entweder dürr, schlank, vollschlank, dick oder eben kugelrund. Das sieht man mit bloßem Auge, so ganz ohne Rechenformel – man muss wie immer im Leben einfach nur hinschauen! Und es stellt sich eine entscheidende Frage: Löst dieses Wissen im Falle einer kugelrunden Hundeportion irgendwelche Probleme? Warum ist jemand überhaupt dürr oder dick? Nein, dieses Wissen löst weder irgendwelche grundlegenden Probleme, es befasst sich mit keinem Seelenleben, keinen Stoffwechselkrankheiten und es schafft sogar nur noch mehr Stress: „um Himmels willen, ich bin kugelrund und auch mein BMI ist ungesund"! Auch wird beim Wissen dieses BMI ja auch bei euch Zweibeinern gar nicht berücksichtigt, ob jemand sich gesund ernährt, Sport treibt, viel an der frischen Luft ist, weder trinkt noch raucht, ausgeglichen ist und womöglich sogar noch die tollsten Blutwerte hat. Man ist in der BMI-Schublade – den Rest interessiert keine Sau! Das kann keine gerechte Sache sein, wie ich meine. Und wenn das alles im Leben so einfach wäre – Leute, dann wären wir ja alle perfekt (wie langweilig)!

Und wer schaut auch schon hinter die Kulissen? Welcher Schlanke isst sich täglich satt bis zum Abwinken? Es ist ein sehr geringer Prozentsatz, wie ich meine. Die meisten Schlanken stehen doch tagaus tagein unter dem Druck, schlank bleiben zu müssen – jede Sekunde des Tages, 7 Tage die Woche, 365 Tage im Jahr! Auf was wird täglich alles verzichtet,

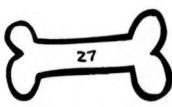

bis hin sogar zu grundlegenden wichtigen Nahrungsmitteln - hauptsache schlank bedeutet bei Weitem nicht auch sicher gesund! Da herrscht ein großer Irrglauben in unserem Lande! Die Schlanken haben doch mindestens genauso viele Krankheiten wie die Dicken! Und ob es für die Nervenzellen gut sein mag, immer am unteren Limit ernährt zu werden? Ob man Lebenskraft und Lebensdauer vom Hungern bekommt, ob man ausgeglichen sein kann vom ständigen verzichten müssen und dem andauernden Schlankheitswahn-Druck? Das überlegt sich in unserer Gesellschaft im Gesundheitswesen kein Mensch! Stattdessen sind Dicke dauerdiskriminiert, auch die, die nichts dazu können und die ab und zu auch mal etwas essen müssen! Es ist auch traurig, in welch einer oberflächlichen Zeit wir leben, auf Äußerliches so beschränkt sein zu müssen - beschränkt ist das richtige Wort dafür! Und wenn ich dann auch noch an all die Schlanken denke, die den ganzen Tag erzählen wie viel sie essen, die man aber NIE essen sieht, die vermeintlich schon Berge von Knödeln und Kuchen verdrückt haben und man dann von deren Familienmitgliedern erfährt, dass sie ständig auf Dauerdiät sind. Welches Bild möchte man denn da vermitteln und warum alles in der Welt? Es stellt sich die Frage – belügen Sie nur andere, oder auch sich selbst? Und alles nur, um vermeintlich schön oder perfekt zu sein?

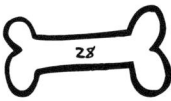

Oder permanent nach Komplimenten zu fischen? ... der Preis ist hoch! Ist so ein Leben denn kein Albtraum? – nie entspannt zu essen was schmeckt und worauf man Lust hat? Immer 200%ig diszipliniert! Und das soll gesund sein? Hauptsache der BMI stimmt! Das kann mir keiner erzählen Leute! Das ist vielleicht gesund für den Geldbeutel der Industriemacher, die uns über die Werbung tagaus tagein all diese vermeintlichen Klugheiten vorgaukeln, uns Richtlinien aufs Auge drücken, uns manipulieren – und das breite Volk rennt sehnsuchtsschlank hinterher, hungert und zahlt ein Vermögen für die vermeintliche Schönheit und für Millionen von Diätmitteln. Und hat sich die Welt darunter verändert? Sind die Menschen gesünder geworden? Dabei ist Schönheit doch allzu vergänglich! Bei mir ja schließlich auch! Ich bin nun weit über 90, meine Barthaare und Schläfen silbern sich ein, ich habe meinen ersten Zahn verloren, ich habe stellenweise eine Fellglatze, mein Schwanz und meine Ohren sind kahl, es sprießen Warzen und andere undefinierbaren Hautgewächse, ich bin rundlicher geworden, meine Krallen sind groß und globig, die Augen trüben sich ein und böse Münder behaupten, es sei besser, wenn ich nur ein- und nicht ausatme! Aber dennoch lieben mich Johannes und Xenia und meine ganze Familie über alle Maßen – was stört mich da, dass meine Schönheit im Alter etwas litt? Man wird schließlich nicht nur außen weiß, sondern auch innen weise! Ein ausgleichendes Prinzip wie ich meine.

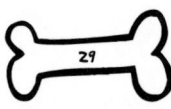

Bei euch Zweibeinern ist das doch genauso. Es wird an Stellen weniger, an denen es unerwünscht ist, dafür legt man an Stellen zu, an denen man es gar nicht unbedingt mag! Es fallen Haare aus an Stellen, an denen man durchaus noch welche gebrauchen könnte. Im Gegenzug wachsen einem vermehrt dort welche, wo man durchaus darauf verzichten könnte! Die Zähne und Kiefer verändern sich – man hat mit einem Mal eine noch nie zuvor dagewesene Zahnlücke, dafür schieben sich andere Zähne krumm zusammen. Ihr Zweibeiner braucht mit einem Mal Interdentalbürstchen und ohne Zahnseide geht gar nix mehr. Mal von sämtlichen weiteren Alterserscheinungen und Gebrechen abgesehen: Scheener wird keener! Zumindest rein äußerlich!

Aber im Gegenzug dafür hat man die Chance zu reifen, innerlich zu wachsen, zu lernen und das Leben so anzunehmen, wie es ist! Es sei denn, man ist den ganzen Tag nur damit beschäftigt, schön zu sein! So wird einem der innerliche Reifungsprozess nicht gelingen. Dann ist man im Alter vielleicht ein bisschen schöner, als man es sonst wäre (und auch das nur vielleicht), dafür läuft man Gefahr eine wandelnde, leere Hülle zu sein: kein Glück in sich gefunden zu haben, wäre eine vermeintlich schöne Hülle, die dann nicht ausgefüllt wäre! Es strahlt dann nicht und was nicht strahlt, sendet keine Wärme, Liebe und Zufriedenheit aus! Ach Leute, es ist ein sehr komplexes Thema, über das ich noch stundenlang „fellosophieren" könnte und hierbei haben wir noch nicht mal die verschiedenen Geschmäcker berücksichtigt, denn die Schönheit liegt ja bekanntlich im Auge des Betrachters, denn die einen mögen's dürr, die anderen mollig, die einen kantig, die anderen weich – alles legitim! Wie sage ich immer so schön: leben und leben lassen, Verschiedenartigkeiten akzeptieren und die Menschen nicht in Schubladen stecken! Aber wie wird es letztendlich sein? Jeder macht es, wie er will, also bringen wir es auf den Punkt: „Jedem Tierle sein Plaisirle"!

Also ihr Lieben, seid dankbar, wenn an euch alles dran ist, seid zufrieden und glücklich mit der Fülle eures Lebens und macht euch nicht verrückt wegen eines dicken Hinterns oder wegen der vermeintlichen Schönheit! Es gibt viel wichtigere Dinge im Leben und ihr seid toll, so wie ihr seid! Basta und Schluss

Euer ``fellosophischer" Niko.

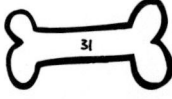

Kapitel 6

Der Seestern

Dackel versprechen nichts, aber das halten sie auch!

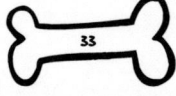

Oh my god, jetzt hat unser kleiner „Fellosoph" Niko aber mal wieder richtig losgelegt. Ich, euer alter Kumpel Jussel, alias Josef, komme da aus dem Staunen echt nicht mehr raus, zumal unser lieber Niko ja phasenweise auch unter diversen Figurproblemen leidet! Ihr erinnert euch, er hat ja die gewissen Leberwurstgene. Da hat man gut über die Dünnen zu meckern. Mein Halbblutbruderfreund Niko frißt ja aber auch wirklich alles, was in irgendeiner Form überhaupt auch fressbar ist und schreckt nicht einmal vor getrockneten Häufchen von anderen Buffis, Katzen, Karnickeln oder gar Enten zurück! Frauchen hat beim Gassi gehen diesbezüglich manchmal Stress und muss hochkonzentriert gassieren gehen. Eine Sekunde weggeschaut und schwupps hat unser Niko schon wieder etwas vermeintlich Essbares gefunden und kaut genüsslich minutenlang darauf herum, ohne den leisesten Anschein zu machen, Besagtes wieder auszuspucken! Da hilft auch alles Meckern von Frauchen nichts!

Doch eines Tages wäre da fast was schief gelaufen. Unser kleiner zweibeiniger Mitbewohner Alexander feierte im Sommer dieses Jahres seinen 6. Geburtstag. Wir veranstalteten ein großes Piratenhappening und Alexanders Freunde waren alle eingeladen! Bei schönstem Wetter ging es mit einer Schatzkarte auf Piratenschatzsuche und die Kinder hatten unterwegs viele piratige Aufgaben zu erfüllen, ehe sie die Schatzkiste endlich fanden. Jeder der kleinen Piraten

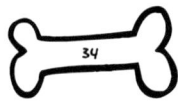

fand darin ein Schatztütchen und jedes der Schatztütchen enthielt unter anderem einen großen und echten getrockneten Seestern, den unsere Buffieltern von der See mitbrachten. Voller Stolz wurden die Schätze mit zu uns nach Hause gebracht, abgestellt und dann gab es erst mal die wohlverdiente Spaghettischlacht! Hinterher war ein großes und wildes Durcheinander, bis schließlich alle Kinder den Heimweg antraten. Wir vier Buffis waren komplett durchgeknallt von dem ganzen Durcheinander und waren froh, als endlich Ruhe im Haus einkehrte, denn unsere Xenia musste noch ein paar der Piratenkids zurück bringen. Kira, Gretel und ich waren wie ohnmächtig von dem ganzen Piratenstress, fielen auf der Stelle um und schliefen. Nur unser Opili, der Niko, der hatte etwas erspäht, denn eines der Kinder hatte seinen getrockneten Seestern bei uns auf dem Tisch liegen lassen und Niko erahnte die kleine Zwischenmahlzeit, ein überraschendes Festmahl! Ehe man sich versah, landete der Seestern in Niko's Maul. Da eine zeitlang das Haus leer war, hatte er genügend Zeit, sich seinem neuen Leckerbissen hinzugeben. Der Seestern war hart und polierte herrlich die Zähne, zudem schmeckte er lecker erfrischend nach Fisch! Niko war in seinem Element!

Nach 45 Minuten kehrten Xenia und Alexander zurück. Als unser Frauchen ins Wohnzimmer kam, sich wundernd, was Niko wohl knabberte, zumal er definitiv nichts bekommen

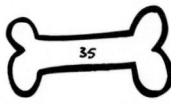

hatte, fand sie eine übrig gebliebene Zacke des Seesterns und ahnte, was vor sich ging! Doch es war zu spät: das Ding war fast restlos verspeist! Die letzte Zacke flog in den Eimer und es herrschte große Ratlosigkeit. Es stellte sich nun die Frage: „Vertragen Dackel getrockneten Seestern?" Niko wurde beobachtet, doch am Abend geschah nichts Ungewöhnliches. Am darauf folgenden Sonntag war unser Niko sehr, sehr krank! Er fraß nichts, er soff nicht, er lief nicht, kein Gassi, keine verrichteten Geschäftchen und ein Anblick, als würde er den Tag sicherlich nicht überleben. Man stelle sich mal die Inschrift seines Grabsteines vor: „An einem Seestern verschieden" – wie dramatisch! Natürlich war auch noch unser Tierarzt in Urlaub. Also ging es mal wieder in die Tierklinik. Als das Personal dort nachfragte, was genau er denn gefressen hätte und Frauchen ihnen vom Seestern erzählte, da verkniff sich, trotz Nikos erbärmlichem Anblick, ein mancher das Lachen! Alle waren sich einig – in der ganzen Kliniklaufbahn hatten sie noch nie gehört, dass ein Hund einen getrockneten Seestern gefressen hätte. Die nächste Attraktion war die Röntgenaufnahme. Auch eine solche hatte man zuvor noch nie gesehen! Auf dem Bild war Nikos kompletter Darm abgebildet: ganz in weiß! Und das ohne jegliches Kontrastmittel! Da man mit Seesternverstopfungen bisher noch keine Erfahrungswerte hatte, blieb uns allen nur die Hoffnung, dass die kompakte Masse im Darm nicht noch zum Seesterndarmverschluss führte und Niko seiner Inschrift am

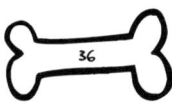

Ende doch alle Ehre machen würde! Er bekam täglich Injektionen und Gott sei Dank ging es wieder aufwärts! Am folgenden Tag lief er schon wieder ein paar Meter, auch sein Appetit stellte sich wieder ein! Beim ersten Häufchen dachte man, er schiss Zement und die außerirdischen Häufchen hielten noch zwei weitere Tage an, bis alles quasi durch war. Mit einem Mal, knopfdruckartig, war unser Niko wieder quietschfidel! Er war sogar dermaßen fit, dass man mutmaßte, der Seestern hätte ihm am Ende sogar gut getan! Ganz so als ob er sämtliche Körpergifte geradezu aufgesaugt und den Darm grundgereinigt hätte. Wer weiß auch, welche aufheiternden

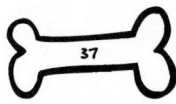

Substanzen ein solcher Seestern am Ende enthält? Wie auch immer, im Nachhinein hatte es Niko anscheinend sogar aufgebaut. Aber Leute, das ist dennoch nicht zur Nachahmung empfohlen, gelle! Lieber alle Seesterne aus dem Weg räumen, man weiß ja nie, wer zu Besuch kommt!

Und wieder mal schicke ich einen Appell an unsere deutsche Forschungsabteilung – erforscht den Seestern auf seine am Ende gesundheitsfördernde Wirkung, erforscht seine Zusammensetzung und seine Gene und schaut, was er zu bieten hat, unser Seestern! Und wenn das nicht klappen sollte, dann habt ihr in Zukunft einen neuen Kosenamen von mir, nämlich „Gähntechnologen"!

Also Leute, strengt euch an und viele maritime Grüsse von eurem Josef

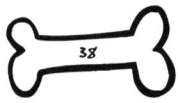

38

Kapitel 7

Dackelanatomie

Alles Wissen, die Gesamtheit aller Fragen und Antworten sind im Hund enthalten!

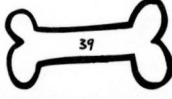

Aber hallo, wer petzt denn hier schon wieder? Meine Schandtaten stehen ja schon quasi direkt auf dem Titelblatt! Ich, euer Niko, bin nun mal eben für Einiges zu haben, wie ihr seht. Und einen guten Appetit hatte ich schon immer im Leben und der kann im Normalfalle doch nichts schaden! Ihr seht also, es lohnt sich einen Hund zu haben – wir sind für das Seelenleben der Zweibeiner einfach die optimalsten Geschöpfe! Buffis und Menschen haben eine ganz besondere Beziehung, auf ganz vielen verschiedenen Ebenen zueinander. Wir Hunde sind Sozialpartner, uns kann man einfach alles erzählen, ohne dass es irgendwelche unangenehmen Folgen haben könnte. Zwischen Hund und Mensch herrscht eine große Nähe und unsere Liebe ist bedingungslos – wir würden sogar unser Leben für euch Zweibeiner opfern! Es gibt Wissenschaftler, die sogar behaupten, dass Buffis die Emotionen der Menschen förmlich riechen können, vielleicht durch Hormone, die wir gefühlsgebunden ausschütten. Welcher Mensch kriegt so etwas hin? Nicht umsonst leben knapp 10 Millionen Menschen in Deutschland mit einem Hund zusammen! 10 Millionen Deutsche können nicht irren! Buffis sind zudem unglaublich liebevoll und wer weiß, ob Hunde dem Menschen vielleicht etwas geben können, was der Mensch am Ende in dieser rastlosen Zeit längst verlernt hat zu geben. Auf der körperlichen Ebene ist es schön mit uns zu kuscheln – wir sind weich, schmusig und lieben es, gekrault zu werden! Und wenn wir Buffis euch Zweibeiner

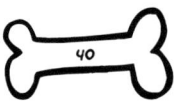

mit großen treuen Augen ansehen, dem da nicht das Herz aufgeht, mit dem scheint etwas nicht zu stimmen! Umso unverständlicher ist es, dass es leider noch viele arme, gequälte und nicht artgerecht gehaltene Hunde auf dieser Welt gibt. Das hat kein einziger Buffi verdient! Zum einen gibt es zum Glück viele Hilfsorganisationen, die man unterstützen kann, zum anderen sollte man gut überlegen, bevor man sich einen Hundefreund ins Haus nimmt, ob man auch alle Informationen eingeholt hat, alles abgewägt hat und sich jeglicher Konsequenz bewusst ist. Jedes Hundebaby wird älter und sollte nicht nach einem halben Jahr an der Autobahnraststätte ausgesetzt werden, nur weil es zu unbequem wurde und man das Tier im Urlaub ohnehin nicht gebrauchen kann! Man sollte Zweibeiner, die so etwas tun, mit unendlich hohen Geldstrafen belegen oder auch mal bei Wind und Wetter ohne Essen und Trinken am Ende der Welt anketten, dass sie mal am eigenen Leib spüren, was sie anderen und guten Seelen angetan haben!

Also ihr Lieben, wenn ihr noch keinen Buffi zuhause habt und euch gerne einen zulegen wollt ... holt euch erst mal einen Hund von Freunden, geht vorher bei Wind und Wetter mal regelmäßig Gassi, belest euch und geht mit eurem Gewissen ins Gebet. Habt ihr euch erst mal einen Hund zugelegt, wird er die nächsten 10-15 Jahre euer Leben auf den Kopf stellen, prägen, Vieles von euch einfordern, viel Geld

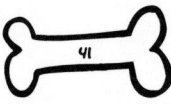

kosten und er wird euch im Gegenzug dazu natürlich auch reich beschenken!

Damit ich euch auch noch abschließend ein paar wertvolle Infos mit auf dem Weg geben kann, hier noch ein paar anatomische Grundkenntnisse zum Hund. Dieses Wissen kann ja nie schaden. Dann viel Spaß beim Lernen:

Die Anatomie des Dackels

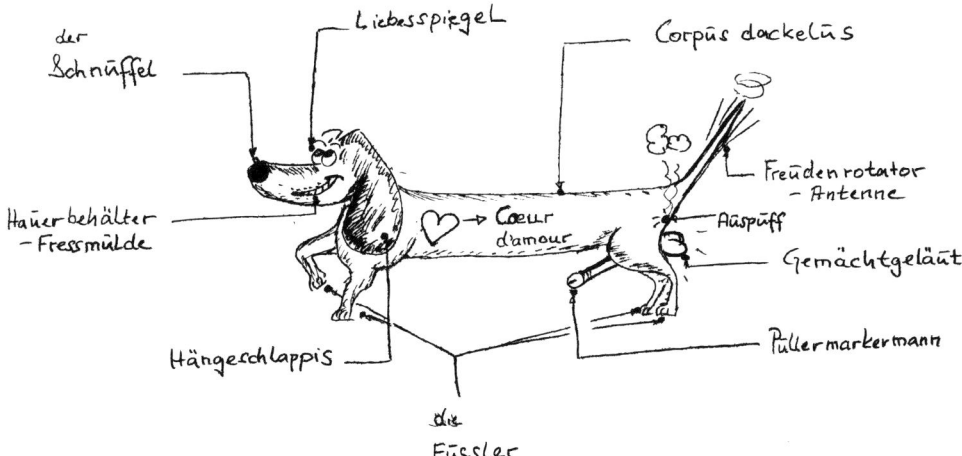

So ihr Lieben, jetzt habt ihr sicherlich noch ein bisschen etwas dazu gelernt, oder? Dem wahrhaft Neugierigen erschließt sich eben alles, was das Leben so zu bieten hat.

Dann mal viele dackelige Gruesse, euer Niko-Sonnenschein

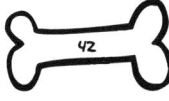

Kapitel 8

Hundeführerschein

Dem Hunde, wenn er gut erzogen, wird
selbst ein weiser Mann gewogen
(Goethe)

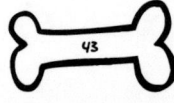

Hallöchen, ihr Lieben, ich, eure Kira, hätte eine glänzende Idee! Niko hat ja soeben gerade die armen Buffis erwähnt, die im Sommer z. B. ausgesetzt oder nicht artgerecht gehalten werden. Und nachdem man für jeden Mist in unserem Lande irgendwelche Tests machen muss, frage ich mich ernsthaft, warum gibt es eigentlich keinen „Hundeführerschein" mit Eignungstest? Warum werden Menschen, die sich einen Buffi zulegen wollen, nicht überprüft? Wir Hunde sind dann nämlich hinterher die Leidgeplagten! Ich fände das super, wenn man als zukünftiger Hundebesitzer sich in Theorie und Praxis einarbeiten müsste und nur mit einem bestandenen Abschluss überhaupt erst einen Hund kaufen dürfte! Und bei der Theorie müsste man viele Dinge lernen: Wie fühlt ein Hund? Wie denkt und tickt er? Warum reagiert er auf diese Art und Weise? Hundeerziehungs-Einmaleins, optimale Bewegung, Sport, Spiel und Ernährung für den Hund, Welpenschule, Fellpflege, der Hund und die Jahreszeiten, Hundekrankheiten, die Kosten, mögliche Schwierigkeiten, Urlaub und Hund, Hundehäufchen, artgerechte Haltung, Züchten, die Beziehung Mensch und Hund, Hundesitter, Notfallsituationen, Notfallvorbeugung – die Liste ließe sich noch x-beliebig fortsetzen und zu jedem Thema gäbe es viel Wissenswertes!

Zudem müsste man nachweisen, über einen längeren Zeitraum zuverlässig mit Hunden Gassi gegangen zu sein, um

auch praktische Erfahrungswerte nachweisen zu können und um auch am eigenen Leibe zu spüren, was es bedeutet, ein zuverlässiger Hundehalter zu sein, denn der Traum von einem süßen kleinen Welpen wird schnell von der Realität eingeholt! Und wir sind schließlich keine Autos oder irgendwelche Gegenstände: wir sind Lebewesen und zwar solche, die euch zu ewigem Dank verpflichtet sind und die euch grenzenlose Liebe geben!

Damit das nicht enttäuscht wird, müsste der Hundeführerschein eigentlich weltweit ins Leben gerufen werden!

Und ich gebe euch eines zu denken: Kein Hund ist grundlos aggressiv, wenn sein Besitzer friedliebend ist! Es sind die aggressiven Hundehalter, die aggressive Tiere hervorbringen. Mit dem Hundeführerschein und einem Hundehaltereignungstest könnte man vielem Schaden vorbeugen ... nicht die Hunde müsst ihr auf Eignung testen! Irgendwas läuft da falsch herum ... die Besitzer muss man testen! Vielleicht hätte man damit schon viele schlimme Unfälle vermeiden können, vielleicht hätte man damit Tier und Mensch bisweilen das Leben gerettet und vielleicht hätten viele arme Buffis ein viel hundegerechteres Leben leben dürfen! Ich finde, es lohnt sich darüber nachzudenken!

Nachdenkliche Gruesse, eure Kira

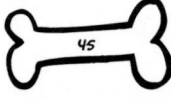

Kira

46

Kapitel 9

Komische Namen

Hunde sind ein Naturheilmittel gegen
Liebesmangel sowie gegen andere zahllose
Unpaesslichkeiten des Lebens!

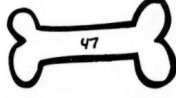

47

Oh, wie hat sich mein Halbblutbruderfreund, der Niko im vorletzten Kapitel von euch verabschiedet: mit Niko-Sonnenschein? Ich, euer Josef, finde er hat recht – er macht diesem Namen alle Ehre, hat er über die vielen Jahre doch so viel Sonnenschein in alle unsere Leben gebracht! Johannes und Xenia, also Herrchen und Frauchen, sagen immer, dass Hund ja eigentlich kein schönes Wort für uns wertvolle Geschöpfe sei und ihr wisst ja, dass wir deshalb das unfreundlich klingende „Hund" gegen das schöne Wort „Buffi" ersetzt haben! Aus dem gleichen Grund sollte ein Dackel auch einen Zweitnamen besitzen, nämlich FELIX – ein Dackel wäre dann also, schlicht und ergreifend, einfach nur ein Felix. Auch dieser Name passt vorzüglich zu uns freudebringenden Geschöpfen!

In diesen Fällen passen die Namen und sie machen Sinn! Leider ist dies nicht unbedingt immer der Fall. Oftmals nämlich, wenn wir gassieren gehen, hört man es von weitem rufen: „Rambo komm" und wir alle ziehen schon ängstlich den Nacken ein, sind in Erwartungshaltung und erahnen mindestens eine Riesenbulldogge, die um die Ecke kommt. Und als was entpuppt sich Rambo schließlich? Als Chihuahua, kaum größer als ein Mäuschen! Im Gegenzug heißt ein scheinbar zwei Meter großes Doggenmädchen dann schlicht und ergreifend nur „Lenchen" – man bemerke die Verniedlichungsform! Aber passt mal wirklich unterwegs auf, wie vie-

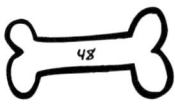

le kleine Hunde Namen haben wie Rambo, Zorro, Herkules, Killer oder am Ende Arnold und wir fragen uns: Ist es Arnold Schwarzenegger persönlich? Bei euch Zweibeinern ist das ja genauso – da heißt jemand mit Nachnamen Müller und was kriegt das arme Kind für einen Vornamen? Jean-Louis!

Vor kurzem waren wir mit Frauchen Gassi und wie rief da ein junger Mann seinen Hund? „Schwuli"! Xenia dachte, sie traut ihren Ohren nicht! Also beschlossen wir hinterher zu laufen, die Ohren aufzusperren um dem Missverständnis ein Ende zu bereiten. Und wieder war ein ganz deutliches „Schwuli" zu hören! Frauchen dachte, sie hätte was an den Ohren und versuchte ähnlich klingende Namen herauszuhören, wie z. B. Juli, weil der Buffi am Ende im Juli geboren war, oder Muli, weil er am Ende Ähnlichkeit mit einem Maulesel hatte, oder vielleicht war „Stuhli" das Codewort und somit die Aufforderung seinen Stinker zu erledigen. Diese Fragen bleiben auf immer unbeantwortet und wir waren uns ganz sicher: es war „Schwuli"! Basta, aus, Amen!

Namensgebungen sind ja ohnehin ein Kapitel für sich – manche Namen ergeben einen inhaltlichen Sinn, andere sollen an jemanden erinnern, andere wiederum klingen einfach nur schön und musikalisch. Bei uns zuhause gibt es ja wie ihr wisst viele lustige Kosenamen – Niko kann euch ein Liedlein davon singen! Die meisten davon bekommen wir ganz

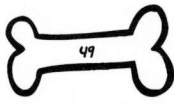

spontan. Niko hat z. B. auch wieder ein paar neue erhalten, so z. B.: kleiner Sputnik, Schönheitsköniglsäuschen und Suemul! Ein Suemul ist ein Andenhirsch. Was das wohl wieder zu bedeuten hat? Unsere Xenia sagt immer, sie bedauert es sehr, dass unsere Namensgebung nicht wie bei den Indianern funktioniert, z. B. „Der mit dem Wolf tanzt", „Die bei Vollmond geborene", „Der die Menschen heilt" und ich glaube, wir alle hätten dann auch wunderschöne indianisch klingende Namen. Niko wäre dann „Der immer Freude bringt". Ich, Josef, wäre „Der Geschenketransporteur". Kira wäre „Die wie der Wolf heult" und Gretel wäre „Die im See jagt". Jetzt bräuchten wir nur noch einen indianischen Übersetzer. Also Leute, wenn ihr jemanden kennt, sagt Bescheid, o. k.?

Nun ich möchte das Wort an Niko weitergeben, denn er wird langsam wieder ungeduldig!

Schlabberbussi von eurem "Geschenketransporteur"

Kapitel 10

Die Streifencouch

Kein Tier sollte je auf die Wohnzimmermoebel springen du-
erfen, ausser es ist erwiesen, dass es sich in Unterhaltung
behaupten kann - ein Dackel kann!

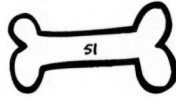
51

Ja, Jussel, das entspricht mehr als der Wahrheit, dass du ein „Geschenketransporteur" bist – das kann ich, Niko, nur bestätigen! Es vergeht kein Tag, an dem Frauchen oder Herrchen die Tür rein kommen und du nicht sofort ein Geschenk für sie anschleppst: ein Stofftier, einen hübschen Schuh, eine überdimensionale Wolldecke, die du fünf Meter hinter dir her schleifst, Sofakissen, Kleider, Schals oder was immer als Willkommensgeschenk sonst noch taugen könnte! Xenia und Johannes freuen sich über die Maßen und sind sehr gerührt über deine Fürsorge und die Liebe! Zudem bist du der einzige von uns wilden Dackelkerlen, der dies tut und zwar mit einem derart großen Eifer mehrfach täglich, über all die Jahre hinweg! Es rührt auch mein Halbblutbruderherz, sieht man doch, welch' gute Seele in dir wohnt! Und du bereitest unseren Hundeeltern so viel Freude damit!

Ich weiß, dass auch ich Johannes, Xenia und der ganzen Familie viel Freude bereite, aber manchmal geschehen auch unvorhergesehene Dinge, unplanbare Situationen, sodass man, sprich: ICH, Frauchen den Schweiß auf die Stirn treibe! Es geschah an einem trüben Herbsttag, als es draußen sehr viel regnete, sich die Gassigänge etwas in Grenzen hielten und wir Buffis zur Beschäftigung schöne Knabberknochen bekamen. Dieses kommt mir durchaus entgegen! Als es Zeit war zu Bett zu gehen, bemerkte keiner, dass wohl ein Teil eines Knochens unter die Wohnzimmercouch gerutscht sein

muss. Da Josef und ich neuerdings im Wohnzimmer nächtigen, bemerkte erst mal auch keiner, was wohl in den darauffolgenden Stunden passiert sein musste, denn ich hatte definitiv keine Zeit zum Schlafen. Sollte ich Essbares unter der Couch vergammeln lassen, Leute, ich wäre doch kein echter Dackel!! Oderrrr? Also hieß es arbeiten! Der Knochen lag soweit unter der Couch, dass ich weder mit der Schnauze noch mit den Füßchen dran kam. Da blieb nur noch eine Lösung: Couchbuddeln oder Couchgraben! Besessen davon den Knochen zu holen, habe ich gearbeitet wie ein Verrückter, nur allein, die Anstrengung lohnte sich nicht – ich bekam das Ding nicht unter der Couch hervor. Nach stundenlangen Versuchen war ich dermaßen erschöpft, dass ich umfiel und einschlief … bis am frühen Morgen Frauchen das Wohnzimmer betrat! Ein entsetzter Schrei!! Was war los? Ach so, sie regte sich auf, dass die schöne, neue Ledercouch in tausend Streifenfetzen aufgelöst war!! Leute, das ich doch alles halb so wild – man kann doch noch drauf sitzen und im Übrigen ist es nicht halb so schlimm, als wenn man den Knochen nicht hervorholen konnte! So ein unnötiges Theater aber auch! Zur Krönung wurde am nächsten Tag die komplette Couch abgeholt, kam zur Sattlerei und musste neu bezogen werden. Wir alle konnten zwei Wochen nicht die gewohnte Gemütlichkeit genießen und hatten nichts zu sitzen und nichts zum Dackel-rumlümmeln! Also ehrlich, damit hätte ich echt nicht gerechnet! Aber kommt Zeit, kommt Couch

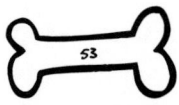

und seither schaut Frauchen jedes Mal unter selbige, bevor sie uns im Wohnzimmer alleine lässt – man kann es aber auch übertreiben!

Ich denke, es wäre ohnehin das Allerklügste, wenn ich Zutritt zum Hundeschrank hätte, in dem die leckeren Knochen aufbewahrt werden, dann wäre das die allerbeste Couchprophylaxe!

Man wird ja noch träumen dürfen! Und wenn man Hunger hat und nicht kriegt was man will, dann ist das Käse … „Askäse" also!!

Gestreifte Ledergruesse von eurem appetitlichen Nikofreund!

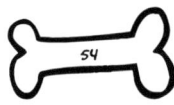

Kapitel II

Hundekommunikation

Das Leben ist wie eine Hundestaffel.
Wenn man nicht der fuehrende Hund ist, aendert
sich der Ausblick nie!

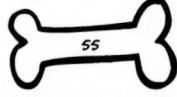

Irgendwie komme ich, Gretel, hier nie zu Wort! Dabei hab ich doch ab und an auch ein bisschen was zu erzählen! Ich glaube, ich muss deutlicher kommunizieren! Ihr wisst ja hoffentlich, dass wir Buffis auch sprechen können und wenn ihr einen Hund zuhause beherbergt, dann wäre es in jedem Falle gut, ihr würdet die Fremdsprache „Hundisch" beherrschen. Denn wir Buffis packen schließlich unsere ganzen Gefühle auch in unsere Sprache, Gefühle wie Freude, Angst, Frustration, Trauer, Wut. Wir zeigen es, wenn wir etwas wollen, zur Abschreckung, zum Anlocken, zur Verteidigung oder aus vielen weiteren Gründen. Wenn der Hund spricht, dann bellt er, zuweilen knurrt, quietscht oder winselt er in allen Tonlagen. Manche Buffis geben Geräusche von sich wie quietschende Ölkännchen und wenn ich persönlich piense, dann klingt das, als hätten wir eine Möwe im Haus! Und wenn ihr Zweibeiner ganz gut eure Ohren spitzt, dann könnt ihr uns genau verstehen, ob wir flehen, ob wir sauer sind, ob wir vor Freude bellen und ihr könnt mit uns in Kommunikation treten! In jedem Falle bellt ein Hund nie grundlos. Wenn ihr also ein Exemplar zuhause habt, welches den ganzen Tag durchjodelt, bellt oder piesnt, dann fragt euch, was euch euer Hund zu sagen hat und schimpft nicht einfach nur darauf los! Euer Buffi wird es euch danken!

Oh weh, ich glaube ich trete in Onkel Nikos Fußstapfen und bin gerade dabei, meine „fellosophische" Ader zu entdecken!

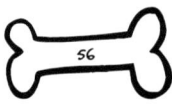

Nun überlasse ich aber dem großen Meister wieder das Wort!

Küsschen, eure Gretel

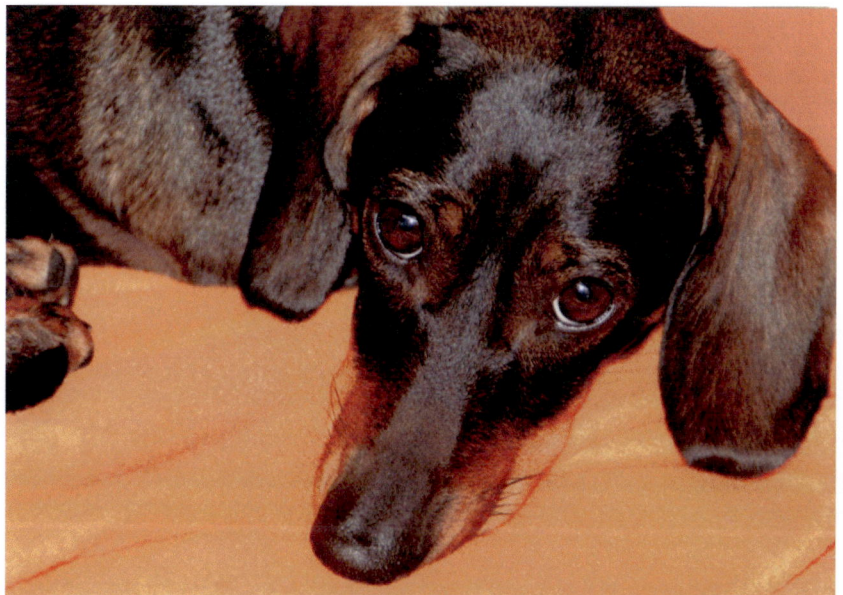

Kleine Gretel ganz schön gross

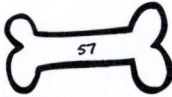

Gretel, Foto by Photodogs

Kapitel 12

Fotoshooting

Willst du in Freundschaft investieren,
kauf dir einen Hund!

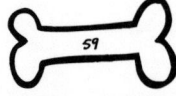

Hallo ihr Lieben!

Wie ihr wisst, bin ich, euer Niko, ja kein zartes Pflänzchen von 20 mehr, sondern in einem menschlichen Dackelalter von ca. 95. Das betagte Alter bringt es so mit sich, dass man, so sagt man, zumindest äußerlich nicht hübscher wird. Wie bereits schon einmal erwähnt, verliert auch ein Buffi sein kostbares Haarkleid, dessen kläglicher Rest auch noch anfängt sich grau einzufärben, die ein oder andere Zahnlücke stellt sich ein, die Hormonuhr tickt langsamer und S.O.S., meine männlichen Attribute schwinden langsam aber sicher vor sich hin! Man hört und sieht nicht mehr so gut – nicht immer, aber immer öfters und laut meiner Xenia würde sich auch bei mir ein gewisser Altersstarrsinn einstellen, so dass, was die vermeintliche Schwerhörigkeit anbelangt, man oftmals nicht unterscheiden kann, ob der Dackel nicht hören kann oder am Ende gar nicht hören will! Zudem werden auch meine Krallen unfein globiger, diverse Narben hier und da, als Andenken alter Wehwehchen, zieren mein Fell. Der Organismus, gerade bei mir, nach meinen unzähligen Krankheiten, kommt langsam zur Ruhe und stellt sich darauf ein, Zeit zu haben. Die hektischen Zeiten, als ich noch jung, verrückt und frech war, sind längst vergangen, erinnern wir alle uns noch so gerne daran zurück! Dennoch bin ich innerlich gereift, ich fange an, in mir zu ruhen und in Würde zu altern. Jede Zeit hat etwas für sich und alles macht Sinn, wenn man in der Lage ist, es zu erkennen!

Von daher gibt es auch Behauptungen, ein Buffi sei im Alter nicht mehr so fotogen! Auf den ersten Blick, rein äußerlich, mag das ja schon stimmen, nur wenn man genau hinsieht, dann erkennt man im Alter den Charakter viel besser und man verneigt sich vor der Würde des Alters, auch wenn man ein Foto eines bereits älteren Hundemodells anschaut! Ihr erinnert euch ja auch vielleicht noch, dass ich in meinem Leben schon aber hunderte Male von meinem heißgeliebten Frauchen in allen nur erdenklichen Posen fotografiert wurde. Mit einem älteren Hund passt das nicht mehr. Fotospäße gehen in diesem Falle an die Grenze des guten Geschmacks, so Xenia. Aber ein schönes Foto, in dem sich die Seele eines Hundes widerspiegelt, das kann ein beeindruckendes Kunstwerk sein und ist ein Andenken fürs Leben! Aus diesem Gedanken heraus beschloss unser Frauchen, uns vier wilde Dackelkerle professionell ablichten zu lassen. Wie der Zufall es wollte, bekam sie gerade zu der Zeit einen guten Tipp einer professionellen Hundefotografin und war begeistert von den unheimlich kunst- und charaktervollen Hundefotografien dieser Frau, die glücklicherweise auch noch aus Mannheim kam (www.photodogs.de) und die die seltene Begabung hat, die Hunde so abzulichten, wie sie nun mal eben im Leben einfach sind – ohne viel Firlefanz und Deko!

Sie hat eben die Gabe den richtigen Moment einzufangen und ein würdevolles Ebenbild mit Charme und Charakter aufs

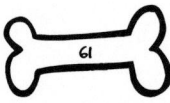

Fotopapier zu bringen. Als Buffibesitzer muss man einfach begeistert sein, wenn man ihre fotografischen Kunstwerke sieht. Zudem liebt sie auch Dackel über alles und hat viele wunderschön abgelichteten Exemplare von uns überaus charaktervollen Wesen! Ach, es ist herrlich, wenn jemand einen solch guten Dackelgeschmack hat!

Wie ihr nun schon ahnen könnt, so kam der Tag, als Frau Wunstorf, die Fotografin, zu uns kam. Mein Frauchen war jedoch sehr skeptisch, ob man uns vier wilde Dackelkerle zur Façon bringen konnte, um uns in irgendeiner Form diszipliniert ablichten lassen zu können, zumal Disziplin noch nie meine Stärke war. Jeder für sich von uns Vieren ist ja schon megawild, aber wir alle im Viererpack? Wie sollte das bloß funktionieren? Frau Wunstorf kam mit ihrem Mann und einem großen Equipment: Koffer, Taschen, Profikamera, Beleuchtung und was eben sonst noch alles so dazugehört, wenn man Buffis ablichten will.

Wir vier Wilden waren außer uns, doch eine Profifotografin schreckt vor solch einer Herausforderung nicht zurück. Sie wusste ganz genau, was sie zu tun hatte. Nachdem im Wohnzimmer alles zum Fotografieren hergerichtet war, wurde unser Josef zuerst in Position gebracht und Frau Wunstorf drückte im richtigen Moment auf den Auslöser, während ihr Ehemann unseren Jussel gekonnt mit Leckerlis nicht nur in

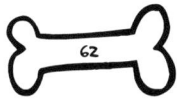

Schach hielt, sondern auch in Position brachte. „Oh, Leckerlis gibt's da, nicht schlecht" dachte sich sogleich unsere Kira und sprang hinzu, sowie später auch unsere halbstarke Gretimaus. Und selbst mich älteres Modell holte man hinzu und so wurden wir im Wechsel alle abgelichtet und siehe da, am Ende saßen wir alle vier ganz entspannt und wie die Profifotomodelle da, zugleich neugierig und posten, da könnten sich alle Supermodells im TV ein Scheibchen von uns abschneiden: mal Köpfchen hoch, mal runter, mal nach links, mal nach rechts – es klappte alles prima … aber natürlich nur, weil die Fotografen ein eingespieltes und professionelles Team waren und weil – sind wir mal ehrlich – ab und zu ein Leckerli rüber gewachsen ist! Schließlich, für einen kurzen Moment, saßen wir vier vereint nebeneinander und schwupps, Finger auf dem Auslöser, alles im Kasten. Super! Das hat ja nicht nur alles toll geklappt, das hat uns echt auch noch mega Spaß gemacht!

Und das Beste von allem ist: die Fotos von uns Vieren sind dermaßen toll geworden – wirklich beeindruckend! Mal ganz ehrlich, ich glaube, das war noch nicht das letzte Fotoshooting bei Frau Wunstorf. Das machen wir bestimmt irgendwann noch einmal wieder. Und ihr glaubt auch nicht, wie das mein Ego aufpoliert hat – ich mit 95 und noch so fotogen. Ich glaube, da zehre ich noch die nächsten Monate davon. Jetzt werd' ich mir die schönen Fotos nochmal anschauen

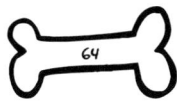

und noch ein bisschen in Erinnerungen schwelgen!

Auf bald, euer fotogener, alter und guter Freund Niko

Niko, Foto by Photodogs

65

Josef & Gretel

Josef, fotos by Photodogs

Kira & Gretel

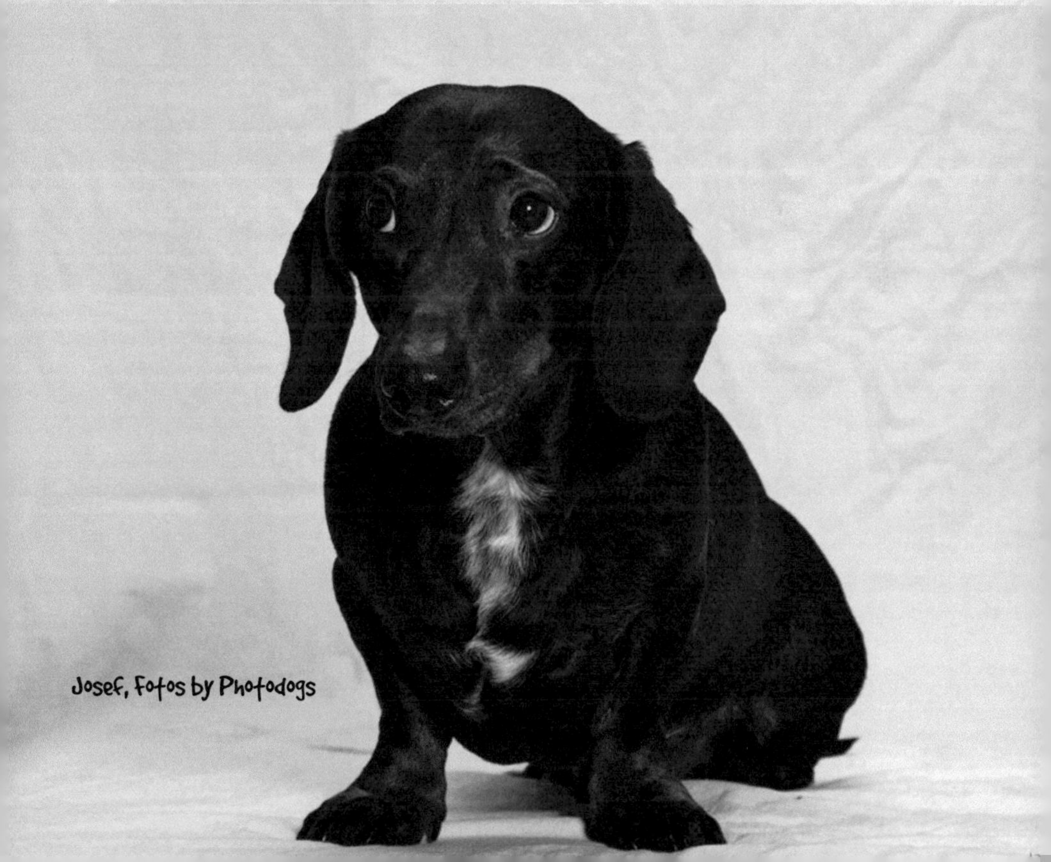

PHOTODOG

Josef, Fotos by Photodogs

Josef, foto by Photodogs

Kapitel 13

Gretel und Paganini

Entsprechend der Aussage eines fuehrenden
Hundezuechters werden Hunde
jetzt eingebildeter!
(Leo Rosten)

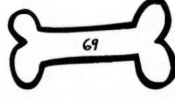

Wuff, wuff, hier meldet sich mal wieder die verrückte kleine Dackelnudel Gretel zu Wort! Ihr habt einiges von mir erfahren, auch von meinen vielen Dingen, die ich das erste Mal in meinem Leben erlebt hatte. Papa Josef hat euch ja Vieles davon erzählt! Allerdings hat er auch das ein oder andere vergessen. Ich war damals ein kleiner blinder Maulwurf und lebte von Mama Kiras Milch und natürlich war ich auch die Attraktion des Hauses! Ich wurde ständig besucht, geknuddelt, verküßt und von allen natürlich genau beobachtet. Als ich klein war, hat Mama Kira meine minimalen Ausscheidungen immer weggeschleckt, doch ihr erinnert euch, ich wuchs so schnell, dass ich mich fast täglich verdoppelte! Was sich auch täglich verdoppelte, war mein damals schon überaus großer Appetit. Also füllten sich auch meine Gedärme. Und so kam es, dass ich das erste Häufchen fallen ließ und ein erstes Mal Pipi machte. Ihr könnt euch gar nicht vorstellen, was damals bei uns im Haus alles los war: Johannes, Xenia, Tim und Alexander kamen alle angerannt und mein erstes Häufchen wurde bewundert! Es war, als ob man einen echten Goldbarren ins Wohnzimmer gelegt hätte. Und ich bin ehrlich, ich habe ein wenig an dem Verstand der Zweibeiner gezweifelt! Eine ganze Familie bewundert ein stinkendes Kackhäufchen – ich glaube, irgendetwas stimmt da nicht!

Des Weiteren gab es eine Situation, in der ich wiederum den menschlichen Verstand anzweifeln musste. Das war, als ich das erste Mal meine Blutströpfchen verlor und Xenia doch tatsächlich mit einem Höschen kam und es mir überstülpte. Habt ihr schon mal einen Dackel mit einer Hose gesehen? Da blamiert man sich ja im wahrsten Sinne des Wortes bis aufs Blut! Nicht mit mir! Das Ding hab ich gleich wieder runtergerissen, auch die weiteren Male, als man mich dermaßen verunstalten wollte. Irgendwie muss man seine Menschen ja erziehen, oder? ... Es gab aber auch ein schönes erstes Mal. Das war, als Alexander im Wohnzimmer saß und einen Kinderfilm anschaute! Da dies nicht häufig passierte, war es mir bis dato fremd. Ich kuschelte mich zu ihm auf die Couch und mit einem Mal entdeckte ich ihn – den Flimmerkasten. Was bewegt sich da bloß? Ich war äußerst interessiert – ihr wisst ja, Informationsbeschaffung ist das halbe Leben – Regel Nr. 6 – und ich schaute mit Alexander TV. Meine menschlichen Hundeeltern dachten zuerst, dies könne nur ein Zufall sein, Hunde erkennen nichts, wenn sie TV sehen. Also versuchte man es ein zweites Mal und ein drittes Mal und ein zwanzigstes Mal und ich blieb jedes Mal wie angewurzelt sitzen und schaute fern! Wobei sich bald herauskristallisierte, dass ich ganz klare Vorlieben hatte. Ich liebte Filme mit viel Bewegung und mit schrägen Tönen und was für mich die absolute TV-Krönung war, war Paganinis Geigenkonzert. Ich war fassungslos über die Fülle der Töne, ich hielt meinen Kopf unentwegt schief und entdeckte wohl das erste Mal in meinem Leben die Liebe zur Musik. Wenn ich ja nicht genau wüsste, dass ICH meine Geburt in die Familie Alberti vom

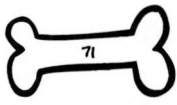

Nirwana-Himmel aus gesteuert hätte, würde ich mutmaßen, ich bin die Wiedergeburt von Lola! Hierzu sei erklärt Lola war der Beo von Johannes und Xenia. Leider verschied er vor zwei Jahren und ich lernte ihn persönlich nie kennen. Wie gesagt, es sei denn, ich bin seine Wiedergeburt! Beo Lola war ein überaus lustiger Vogel, eine Frohnatur und permanent gut drauf. Lola konnte sprechen, husten und lachen, haargenau wie ein Mensch. Xenia und Johannes hatten den Beo

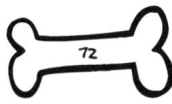

vor einigen Jahren in Urlaubspflege genommen und er blieb, auch nach dem Urlaub der Vorbesitzer. Wie könnte es auch anders sein! Er hatte einen äußerst pfiffigen, zuweilen auch peinlichen Wortschatz und wenn vornehmer Besuch bei uns im Wohnzimmer saß und Beo Lola in einer ohrenbetäubenden Lautstärke und ordinärem Tonfall schrie „Sei doch ned so bescheuert" oder „Blödmann". Dann fiel kein gutes Licht auf meine armen Zweibeinereltern, obzwar sie Lola diesen Wortschatz ja gar nicht beigebracht hatten! Lola hatte ein Hobby. Dieses fand man nach einiger Zeit heraus. Sie liebte es, fernzusehen und sie hatte ganz klare Vorlieben, so dass man den TV nur für Lola einschaltete. Sie bevorzugte es, wenn es knallte, schepperte, krachte und schoss. Also bekam sie meist Western und Autofilme mit bremsenden Reifen eingeschaltet, die sie natürlich kurzerhand auch haargenau imitieren konnte. Damit die restliche Familie nicht unter der extremen Lautstärke litt, denn Lola quietschte, bremste und schrie unentwegt mit oder schrie laut „FEUER", kam sie ins Kellerwohnzimmer, von wo aus sie auch noch einen herrlichen Blick in den Garten hatte. Alle waren gerettet. Aber ihr versteht, was ich meine? Lola war vor zwei Jahren gestorben und ich wurde von 1 ¾ Jahren geboren! Beide haben wir eine Leidenschaft fürs Fernsehschauen entwickelt. Das kann nicht mit rechten Dingen zugehen! Oder was meint ihr?

Wie auch immer es sei, ich zieh mir jetzt nochmal Paganini

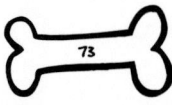

rein und dann mach ich ein Päuschen,

musikalische Küsschen, eure Gretel

Gretel - Frechdachs in Mannheims Steppe!

Kapitel 14

Thunder always happens, when it's raining

Wer in einem Tier die Seele nicht sieht,
der hat den Sinn des Lebens nicht verstanden
(Anja Roschke)

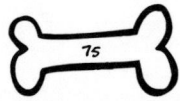

Freunde, ich, Niko, melde mich noch einmal zu Wort, denn wie anfangs erwähnt, wollte ich euch, was meinen Gesundheitszustand betrifft, auch ein wenig auf dem Laufenden halten. Ihr wisst ja, das Leben meistert allezeit, man leichter mit Zufriedenheit! Dies ist manchmal leichter gesagt, als getan! Ihr erinnert euch an meine zahlreichen Gebrechen und vielleicht auch an meine chronisch kranke Lunge. In der Zwischenzeit hatte sich herausgestellt, dass ich unter Lungenwürmern litt, welches in unseren Breitengraden so selten ist, als ob ein Buffi einen Seestern frisst. Zudem ist die Rezidivrate sehr hoch, vor allem bei immunschwachen und älteren Herren, wie bei mir. Um es auf den Punkt zu bringen, ich komme ohne täglich hochdosierte Medikamente nicht aus, sonst würden mir regelmäßig Lungenentzündungen blühen, die ich höchstwahrscheinlich nicht mehr überleben würde. Also kann man in diesem Falle eigentlich nichts falsch machen, denn mit Hilfe des Medikamentencocktails bin ich topfit und mopsfidel! Was will man mehr?

Auch Frauchen stopft mich mit homöopathischen Mitteln und allerhand alternativem Kram voll, was mir bestimmt auch ein wenig hilft! … Zumindest schaden kann es nix! Aber ihr wisst ja, das Leben ist manchmal an Dramatik nicht zu überbieten und dann gibt es wieder diese unerklärlichen verrückten Tage, da liegt einfach etwas in der Luft. Es sind die Tage, da fahren die größten Lkws grundlos rückwärts aus

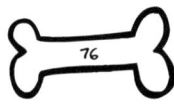

der Straße heraus, ohne nach links und rechts zu schauen, da fahren die Fahrradfahrer falsch herum in die Einbahnstraße, da schauen alle Leute unfreundlich aus der Wäsche und es liegt ein unerklärliches Knistern in der Luft, elektrisch geladen, in Gewittererwartung! Im Nachhinein kann ich mir, das, was an besagtem Tag passiert ist, auch nur so erklären. Ich war mit Josef zusammen im Wohnzimmer und die ganzen letzten Jahre haben wir noch nie gestritten. Wir sind Halbblutbrüderfreunde und wir lieben uns. Josef leckt mich oft fürsorglich ab und hat bisher alles mit mir geteilt ... nun gut, sagen wir, er hat kapituliert, wenn da ein Kauknochen lag, den ICH wollte! Ob es ihn über die Jahre gestört hat, ob sich etwas angestaut hat, ob es ein schlechter Moment war oder ob es eben einfach nur einer dieser besagten schlechten Tage war?: Thunder always happens, when it's raining! Wie gewohnt will ich mir meinen Kauknochen holen und eh ich mich versah, wird Josef fuchsteufelswild und ... ihr werdet es nicht glauben ... fällt mich an! Bei dieser Auseinandersetzung (ich musste mich ja schließlich wehren) hatte Josef mich verletzt. Ich hatte eine Bisswunde, ein Loch im Kopf! Könnt ihr euch das vorstellen? Es war zwar nur ein kleines, aber es war ein Loch! Das weitere Procedere könnt ihr euch ja denken – Tierarzt, Wundversorgung, Antibiotika. Bis heute rätsle ich, warum das passiert ist und bis heute hat sich der Vorfall, Gott sei Dank, nie wiederholt!

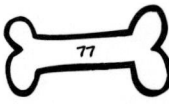

Ach Leute, wisst ihr, im Alter nimmt man Manches gelassener. Wie singt James Taylor so schön: I've seen fire and I've seen rain, I've seen sunny days, that I thought would never end. I've seen lonely times, when I could not find a friend, but I've always thought, that I'd see you one more time again! Ich hoffe, ich darf noch viele Male mit euch in Verbindung treten, denn müde zu sein ist Luxus, oder?

Und wenn ich mir's so recht überlege: welch' gute Konstitution ich wohl haben muss, dass ich so viele Lungenentzündungen, Gebrechen und Krankheiten besiegt habe! Ist es die Konstitution? Ist es die Fürsorge und grenzenlose Liebe, die ich erfahre, sind es die guten DOG-toren, ist es mein starker Lebenswille, ist es meine positive Grundeinstellung? Ist es Spiritualität? Ist es von jedem etwas, ist es die Mischung oder habe ich einfach viele gute Schutzgeister? Egal, welches die Gründe dafür sind, ich bin mega dankbar für jede Minute und mein erfülltes schönes Dasein!

Aber Leute denkt immer daran: es gibt viele Krankheiten, aber nur eine Gesundheit!

Also passt gut auf euch auf und bleibt gesund, o.k.?

Euer Niko, apropos Niko bedeutet: ich bin nie-ko!

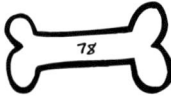

Kapitel 15

Da wird doch der Hund in der Pfanne verrückt

Wenn du mich lieben willst, so liebe meinen Hund
(St. Bernhard von Clairvaux)

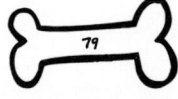

79

Leute, ich, Josef, kann euch auch ein paar lustige Geschichten von unseren Gassigängen berichten. Es begab sich, dass wir, also Niko und ich, mit unserer Xenia, wie schon so oft im Leben, Gassi gingen. Und ihr wisst ja, mit unserer Erziehung ist das so ein Kapitel für sich und ich, euer Jussel, bin ohnehin von Natur aus ein sehr ausgeprägter Wachhund. Auch bei Spaziergängen jeglicher Art treffe ich zuweilen Artgenossen, die ich nicht besonders leiden kann und habe dann eine ziemlich große Klappe – ihr erinnert euch an die Regeln der Dackel? Regel 2 und Regel 3 treten dann in Kraft! An besagtem Tag trafen wir unterwegs auf einen Mann mit einem riesen großen Zottelhund. Ich war überhaupt nicht begeistert von diesem haarigen, undefinierbaren Etwas, bellte ihn wie verrückt an und versuchte mich in einer Art Scheinangriff. Es sollte ja schließlich gefährlich und furchteinflößend wirken! Mit einem Mal kriegt das Herrchen von Zottelhund dermaßen einen Lachanfall, als er meinen Scheinangriff gesehen hatte, dass er stehen blieb, vor Lachen brüllte und sich dabei auch noch auf die Schenkel klopfte! „Aber hallo, was soll das denn? Lacht mich da etwa einer aus?" Er tat es und vor allem, er hörte definitiv nicht damit auf, gerade so, als hätte er noch nie in seinem Leben jemals etwas derart Lustiges gesehen. Während des Lachens zischte etwas aus seinem Mund wie: „Was will der kleine Floh denn gegen meinen Hund ausrichten, hi ha hu hi, meiner macht einmal happ, happ und dann ist der Floh erledigt".

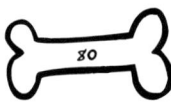

„Bursche treib's nicht so toll, sonst Gnade dir Gott, wenn wir uns das nächste Mal treffen" dachte ich und ich war mega sauer! „Dann ist Schluss mit lustig und ich beiß dir mal dorthin, wo du's gar nicht haben magst und dann lachst du zwei Oktaven höher oder gar nicht mehr". Zottelköter stand unbeweglich da – ihn interessierte das entweder alles gar nicht oder er war vielleicht ein bisschen dööflich, ich weiß es nicht! Frauchen wusste nicht, ob sie lachen oder heulen sollte. Niko bellte zwischenzeitlich mit mir im Takt, der Mann lachte immer weiter und so beschloss Frauchen uns aufgeregte zwei wilden Dackelkerle einfach vom Ort des Geschehens wegzuzerren – gegen unseren Willen, wie wir das laut bekundeten! Da wird doch der Hund in der Pfanne verrückt – etwas mehr Respekt das nächste Mal, wenn ich bitten darf! Wir Dackel sind zwar nicht so groß wie Zottelhunde, aber wir haben es in uns, wenn's darauf ankommt und du alter Zottelhundbesitzer, leg's lieber nicht darauf an!

Zum Glück gibt es auch die anderen Gassi-Situationen, die uns solche Zottelhund-Episoden wieder vergessen lassen. Wieder liefen Frauchen, Niko und ich Gassi und dieses Mal trafen wir auf einen ganz gefährlich wirkenden Schäferhund mit Herrchen! Wieder morz Bellerei und großes Spek-dackel und hört genau hin – was sagte das Schäferhund-Herrchen unsicher zu Frauchen: „Die machen meinem Hund doch hoffentlich nix, oder?!?" … also, geht doch!!

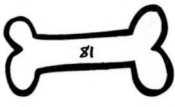

81

Ein anderes Mal war meine Tochter Gretel mit Kira und Frauchen Gassi. Gretel sandte mal wieder ihre für Herren betörenden Düfte aus, sprich, sie war läufig! Mitten beim Gassieren stand plötzlich ein Boxer parat – bereit zur Begattung und verfolgte Gretel höchstverliebt! Der Boxer war leinenlos und Hundebesitzer waren keine in Sicht – prima! Frauchen hatte alle Hände voll zu tun, dass der Boxer nicht aufstieg – parallel noch zwei Hunde an der Leine –unsere Xenia ist fast verzweifelt, zudem war sie schweißgebadet, da niemand von uns Boxerbabys wollte! Über einen Kilometer ging dieses Theater und unsere Xenia war mächtig sauer! Mit einem Mal kam der Herr Boxerbesitzer und Frauchen erzählte ihm, was los war! Kein „oh, Entschuldigung", kein „es tut mir leid" und der Boxer kam nicht einmal an die Leine, was zur Folge hatte, dass er nach der nächsten Kurve wieder hoffnungsfroh dastand und sein Glück abermals probierte! Dann war es Schluss mit Xenias Höflichkeit und sie schrie dermaßen laut den Boxerbesitzer in der Ferne alles Mögliche zusammen, dass dieser schnell herbei kam und seinen Hund endlich an die Leine nahm. Auch dieses Mal wortlos!! Vielleicht war er ja stumm? Wahrscheinlich war er einfach nur ein Stoffel! Wie auch immer – keine Boxer-Dackel-Mischlingswelpen – thank god! Aber wer weiß, vielleicht hätten wir eine neue Rasse gezüchtet: die Bodaxe. Es gibt ja allerhand lustige Namen für Hundekreuzungen. Der Beste davon ist, so wie ich finde, nach wie vor der „Labradudel", eine Mischung zwischen

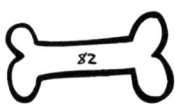

Labrador und Pudel! Wenn man Dackel und Pudel kreuzen würde, wär es am Ende ein „Pudachs" oder ein „Dackpud", wer weiß? Ein Versuch wäre es doch allemal wert, wo gerade Dackel und Pudel im umgangssprachlichen Gebrauch häufige Redewendungen erzeugen, wie z. B. Dackelblick, hinterherdackeln oder man fühlt sich pudelwohl, ist pudelnass oder trägt eine Pudelmütze, des Pudel's Kern, man hat Dackelohren oder, oder, oder ... Wir Hunde sind in eurem Sprachgebrauch immer präsent: Ihr erinnert euch, es gibt auch bei euch Zweibeinern blöde Hunde, faule Hunde, man kann müde wie ein Hund sein, schlafende Hunde soll man nicht wecken und ich sagte es ja bereits: da wird doch der Hund in der Pfanne verrückt!

Ach übrigens, wir Dackel heißen ja auch Dachshunde und vor kurzem habe ich ein ganz ähnliches Wort wie Dachshund gehört: Dachung! Welche Sprache es ist, weiß ich nicht, ich weiß nur es bedeutet „Kleiner Mond"!

Also Leute nicht verwechseln, denn wir Dachshunde sind schließlich „kleine Sonnenscheine", also Küsschen, auf bald

euer Josef

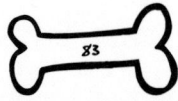

83

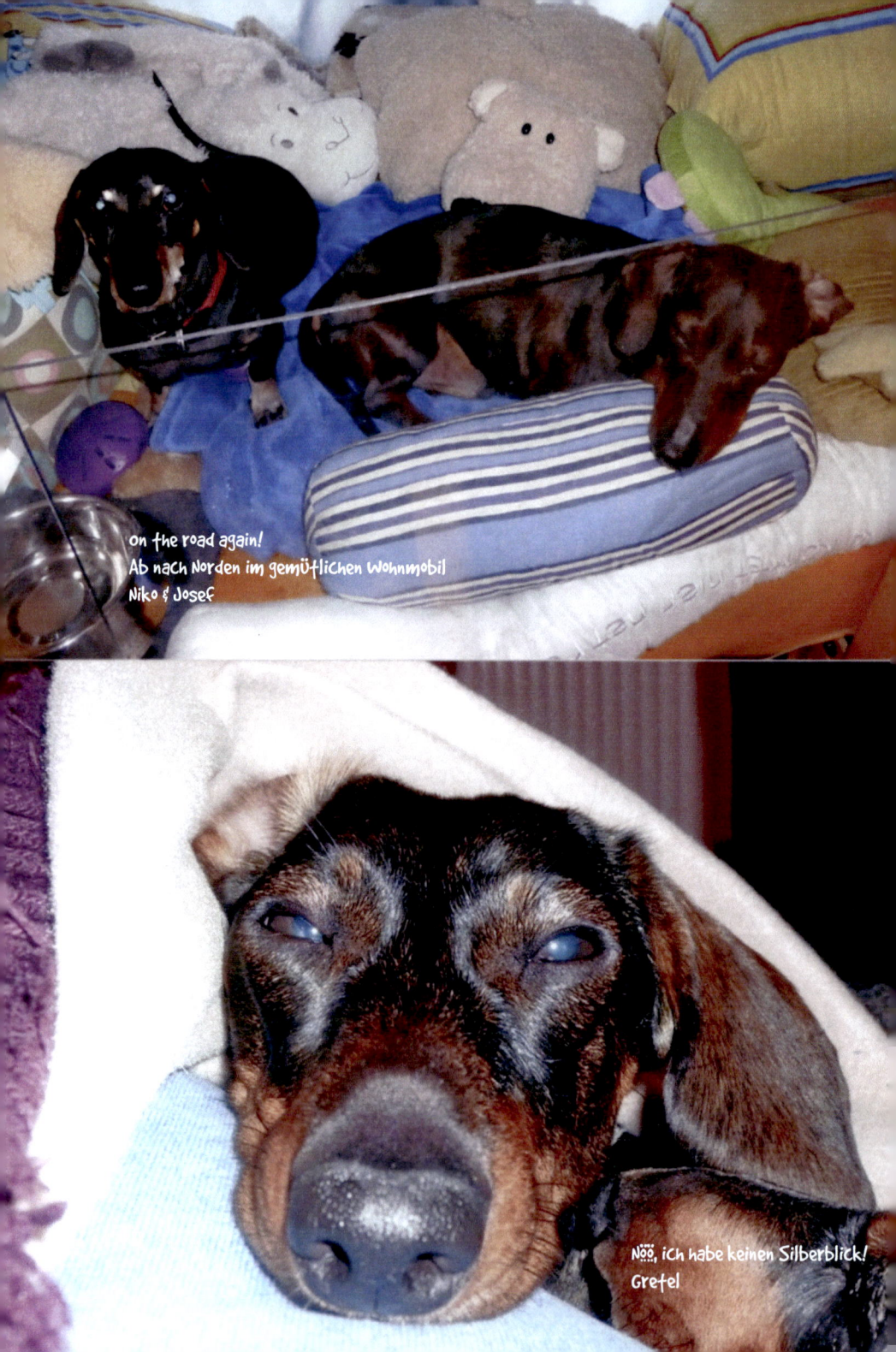

on the road again!
Ab nach Norden im gemütlichen Wohnmobil
Niko & Josef

Nöö, ich habe keinen Silberblick!
Gretel

Kapitel 16

Frequenzen

Der schönste Spiegel meiner selbst sind die
Augen meines Hundes!

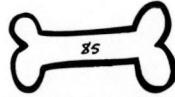

Tütu, tütüchen, Lady Kira meldet sich mal wieder zu Wort und ich als Mutter mache mir Gedanken über viele Angelegenheiten und oft auch so ein bisschen über den Sinn des Lebens.

Albert Einstein stellte einst die Frage: „Ist das Universum ein freundlicher Ort?!" und ich kann es euch bisher nicht beantworten! Ich mutmaße, dass es zwischen Himmel und Erde mehr gibt, als das Erklärbare! Es fängt schon damit an, dass eine Seele existiert, dir jedoch niemand Genaueres darüber berichten kann. Xenia, unser Frauchen, ist Bioresonanztherapeutin und ich glaube, davon kann ich ein bisschen etwas ableiten für mein fragendes Buffihirn. Denn alles ist messbar, alles hat eine Frequenz! Es gibt krankmachende Frequenzen und mit Sicherheit auch welche, die uns gut tun. Und ich glaube, dass es Menschen und Tiere gibt, die vielen unguten Frequenzen ausgesetzt sind und von daher gar nicht richtig glücklich sein können. Aber ich bin auch fest davon überzeugt, dass man mit der richtigen Einstellung auch positive Frequenzen selbst erzeugen kann! Es mag über- und untergeordnete Schwingungssysteme geben. Die untergeordneten können wir selbst beeinflussen, den übergeordneten sind wir ein Stück weit ausgeliefert, können jedoch auch mit diesen positiv in Resonanz treten – es verbietet uns niemand! Vielleicht gibt es auch die „perfekte" irdische oder kosmische Frequenz? Wer weiß? Eines ist aber klar, dass es Men-

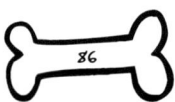

schen und Tiere gibt, die uns gut tun und welche, die saugen den letzten Krümel Energie aus dir raus – das sind dissonante Frequenzaufstülper sozusagen! Ich stelle es mir wie eine Melodie vor! Jedes Geschöpf hat so viele unterschiedliche Schwingungen in sich, dass, könnte man dies hören, jeder seine eigene Komposition wäre oder sein eigenes Lied! Auch wenn wir es nicht hören, so spüren wir es dennoch: ob ein hübsches Lied zu hören ist oder eines mit vielen schrägen unschönen Klängen! Und man hat ja auch herausgefunden, dass Katzen z. B. eine heilende Frequenz hätten, wenn sie sich auf ihre Menschen legen und schnurren und ich persönlich glaube fest daran, dass die Frequenzen von Hund und Mensch sich einfach auch perfekt ergänzen und ausgleichend wirken und dass deshalb diese große Liebe auf beiden Seiten entstanden ist!

So wird es auch sein, wenn zwei Menschen sich liebend gefunden haben: die Frequenzen harmonisieren einfach perfekt! Ich würde sogar soweit gehen und behaupten, dass die Sprache selbst gewisse Schwingungen aussendet und dass es z. B. auch Eigennamen gibt, die einfach den Menschen schlecht ins Leben bringen, da der Name eine gewisse disharmonische Frequenz hat und das Baby mit dieser ständig zugetextet wird – kein guter Start ins Leben! Schon alleine der Tonfall von Menschen ist so unterschiedlich; der eine spricht angenehm beruhigend, der nächste spuckt Gift und

Galle beim Reden – es wären zwei komplett unterschiedliche Messergebnisse! Wenn dann das kleine Baby mit dem disharmonischen Namen dann auch noch Eltern hat, die beim Reden nur disharmonische Schwingungen aussenden, wie soll der Säugling dabei entspannt bleiben? Darüber macht die Wissenschaft sich gar keine Gedanken! Dass das Baby dadurch vielleicht auf Dauer auch krank werden kann – wer kann das schon sicher ausschließen?

In jedem Fall glaube ich, dass der Hund die perfekte kosmische Ergänzung zum Menschen ist, wenn auch damit Einsteins Frage weiterhin im Raume stehen bleibt! Und mit dieser Erkenntnis kann ich mich beruhigt einfach mal wieder verabschieden!

Harmonische Küsschen von eurer Mama Kira

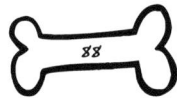

Kapitel 17

Dicke Backe

Wer mit den Hunden einschläft, wacht
mit den Flöhen auf!

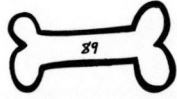

Liebe Freunde, Kira hat euch von guten und schlechten Schwingungen berichtet. Ich meinerseits kann euch kundtun, dass mich vor kurzem auch eine schlechte kosmische Strahlung voll erwischt hatte! Ich wohne nun ca. sieben Jahre bei allen meinen Lieben und was man wirklich behaupten kann ist, dass ich, trotz meinen schlimmen Kindheitstagen, ein echter Naturbursche bin. Ich war noch nie krank und bin auch nicht im Mindesten wehleidig!

Ihr erinnert euch auch daran, dass Niko den getrockneten Seestern gefressen hatte und sehr krank war. Es dauerte nur ein paar Tage länger, da sah ICH mit einem Mal ganz verändert und komisch aus: am Hals hingen mir undefinierbare Hautüberschüsse herunter und, au weia, mit einem Mal hatte ich eine mega dicke Backe und ein ganz verschobenes Gesicht. Wie immer passieren solche Dinge am Wochenende. So packte mich Frauchen und Herrchen ein und es ging mal wieder in die Klinik! Dort wurde meine Backe punktiert und es stellte sich heraus, dass ich einen riesen großen Bluterguss hatte. Bis sich das alles wieder zurückgebildet hatte, musste ich sehr viel Geduld aufbringen, aber es kam der Tag, da

Au Backe

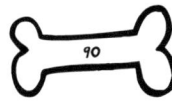

war ich wieder komplett hergestellt! Über die Ursache konnte man nur mutmaßen – ob ich angestoßen war, ob ich mit meiner Hundefamilie zu wild gespielt hatte? Man wird es nie erfahren! Es dauerte nur ein paar weitere Tage, da sandte Gretel, also meine Tochter, ihre betörenden Düfte aus und war läufig. Das ganze Haus roch nach Hormonen und ich würde selbst vor meiner eigenen Tochter nicht Halt machen, wenn die Düfte quasi mein Hirn lahmlegen. Viele Barrieren trennten mich vor dem Objekt der Begierde und soll ich euch verraten, was dann passiert ist?? Dann hatte ich richtig echten Liebeskummer. Tagelang fraß ich fast gar nichts, vor lauter Stress hatte ich Haarausfall, ich heulte wie ein Wolf oder rannte hektisch wie eine Flitzenudel durch Haus und Hof. Dieser Extremzustand hielt eine ganze Woche an, was für die restliche Familie nicht leichter war, denn auch nachts gab ich keine Ruhe, jammerte und kratzte die halbe Wohnzimmertür kaputt! Man kann von Glück reden, dass diese Anzeichen des hormonellen Notstandes bei euch Zweibeinern nicht auch so ausgeprägte Verhaltensauffälligkeiten zur Folge haben! Wenn ich mir vorstelle, wie eure Männer kratzend an der Türe stünden, vermutlich ohne noch irgendwelche Restbestände von Haaren zu haben oder heulend und rennend ihr Unwesen trieben, ich sage euch eins Jungs: Seid froh, dass ihr nicht riecht, was ich rieche!

Nach all diesen Strapazen schlief ich tagelang wie bewusst-

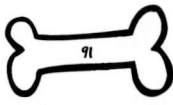

los durch, fraß die doppelte Menge und regenerierte mich langsam aber sicher wieder in Richtung Normalzustand!

Und da gibt es Leute, die brauchen ständig Action – ich sag euch was: ich bin froh, wenn alles ganz normal weiter läuft!

Regenerierte Hundegrüsse, ever Jussel

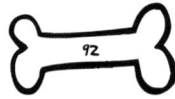

Kapitel 18

Urlaub auf der Autobahn

Je mehr ich von den Menschen sehe,
desto lieber habe ich meinen Hund
(Friedrich der Grosse)

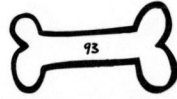

Ich glaube, ich muss mich besser vordrängeln, denn bis ich hier mal wieder zu Wort komme, da reißt mir, der Gretel, fast der Geduldsfaden!

Ihr wisst ja vielleicht noch, dass auch ich ganz schön singen kann und sich dieser Gesang anhört, als ob man einer Möwe lauschen würde. Xenia verulkt mich dann immer und singt: „Kleine Möwe flieg nach Helgoland". Ach, das erinnert mich an einen meiner ersten Nordseeurlaube, denn auch ich durfte schon einmal mitkommen. Wie gehabt fuhren wir mit dem Wohnmobil die längere Strecke zur Nordsee hoch und wir vier wilden Dackelkerle waren hinten auf dem gemütlichen Bett sicher und mit Absperrung untergebracht. Wir hatten wie immer genügend Wasser, Knabberzeug, konnten etwas hin und her laufen oder auch mal ein Schläflein machen. Wir sind das so gewohnt und im Normalfalle läuft das problemlos ab. In unserem Urlaubsdomizil ist auch alles eingespielt und man kann uns vier gut dabei haben. In unserem letzten Urlaub allerdings, wir waren gerade zwei Tage da und hatten uns etwas eingelebt, da wurde ich aus heiterem Himmel, komplett außerhalb der Zeit, läufig! Frauen und Hormone sind ja bekanntlich ein Kapitel für sich – Drama, Drama! Es hätte so schön werden können, doch was sollte man tun? Die Gefahr, dass die Herren mit mir ihr Liebensspiel trieben, war viel zu groß und zudem wollten sich unsere Buffieltern, die Zweibeinigen, schließlich auch mal etwas entspannen. Es

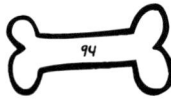

wurde mit Zuhause telefoniert, ein Haus- und Hundesitter organisiert und dann ging's wieder ab ins Auto und unser guter Johannes brachte uns in den Heimathafen zurück und fuhr schnurstracks wieder gen Norden! Wenn man manche Dinge vorher wüsste …

Ich habe da jetzt was läuten hören, von wegen Operation, dass ich nicht mehr läufig werde. Was da wohl auf mich zukommt? Ich weiß ja, dass man auch einmal bei Niko den „Schnipp-Schnapp-Eier-ab-Dog-tor" in Erwägung gezogen hatte, doch dieser Kelch ging an ihm vorüber. Ich lass' mich überraschen und hoffe das Beste, also drückt mir die Daumen!

Euer Gretelchen

Kapitel 19

Somehow funny

Wenn man einen Freund hat, braucht
man sich vor nichts zu fürchten
(Janosch)

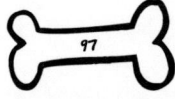

Moin, moin ihr Lieben, ich, Kira, wollte euch auch noch ganz schnell eine lustige Geschichte von unseren Gassigängen erzählen.

Frauchen, Gretel und ich gassierten bei schönstem Wetter mal wieder um den See. Als ich gerade ein Häufchen gemacht hatte, kam gleichzeitig eine Bekannte von Xenia mit Hund auf uns zu und wollte ohne Punkt und Komma unser Frauchen sofort in ein Gespräch einwickeln. Xenia meinte daraufhin eilig: „Moment, ich muss gerade eben noch MEIN Häufchen wegmachen", während sie Besagtes in einem Tütchen verschwinden ließ. Daraufhin erwiderte die Bekannte spontan zu Frauchen Xenia: „Oh, machst DU neuerdings dein Geschäft im Freien?" Grins, grins! So entstehen die Missverständnisse dieser Welt!

Kurz hinterher fraß Gretel noch eine dicke fette Maus und kaute auf ihr herum, als würde sie Kaugummi kauen. Kaum liefen wir weiter, kamen in einem wahnsinnigen Tempo unzählig viele schwarze Wolken auf und urplötzlich schüttete es wie aus Kübeln, dass wir alle nass bis auf die Knochen wurden.

Ich nehme an, dass Xenia an besagtem Tag froh war, wieder zuhause zu sein! Mit Buffis und dem Wetter ist es ohnehin so eine Sache. Im vergangenen Winter war es nämlich derma-

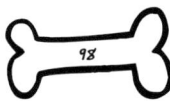

ßen kalt, dass wir viel Schnee und sehr viel Glatteis hatten. Als Xenia mit uns Gassi war, zogen wir, wie gehabt, wie die Ochsen an der Leine. Frauchen ist dann tatsächlich ein paar Mal ausgerutscht und hingefallen und dieses Jahr brauchen wir, glaube ich, Plan B, denn niemand soll sich wegen uns die Knochen brechen müssen!

Hunde und Kleider ist übrigens ein Kapitel für sich und eigentlich ist es völliger Quatsch! Nur unseren Niko, den müssen wir im Winter warm einpacken, da er ja sehr angeschlagen ist und schnell Lungenentzündungen bekommt. Er sieht aber trotzdem sehr chic aus und dass gerade ER Kleider bei Kälte tragen muss, ist eben CHIC-sal!

Ansonsten tut man Buffis keinen Gefallen, wenn man sie in Kleider stopft! Ein gesunder Hund mit einem gesunden Immunsystem wird bei ein bisschen Winter doch nicht gleich krank! Also Leute, lasst uns Hunde bloß unser Hundeleben führen, gelle?

P.S. Wisst ihr eigentlich, dass auch ich einen Kosenamen habe? Man nennt mich auch „Chöre". Das kommt daher, dass Alexander, als er noch kleiner war, allen Leuten erzählt hatte, wir hätten einen neuen Hund – ich war damit gemeint! Sämtliche Bekannte sprachen dann Johannes und Xenia an, dass dieser neue Hund aber einen komischen Namen hät-

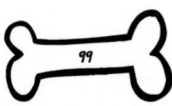

te, nämlich „Chöre". Unsere Hundeeltern lachten schallend, hatte doch der kleine Alexander „Kira" etwas abgewandelt! Ich sage, nur gut, dass unser Nachname Alberti ist und nicht Fischer … sonst wäre ich am Ende noch die: Fischer-Chöre!

Leute, macht's gut, auf bald eure "Chöre"

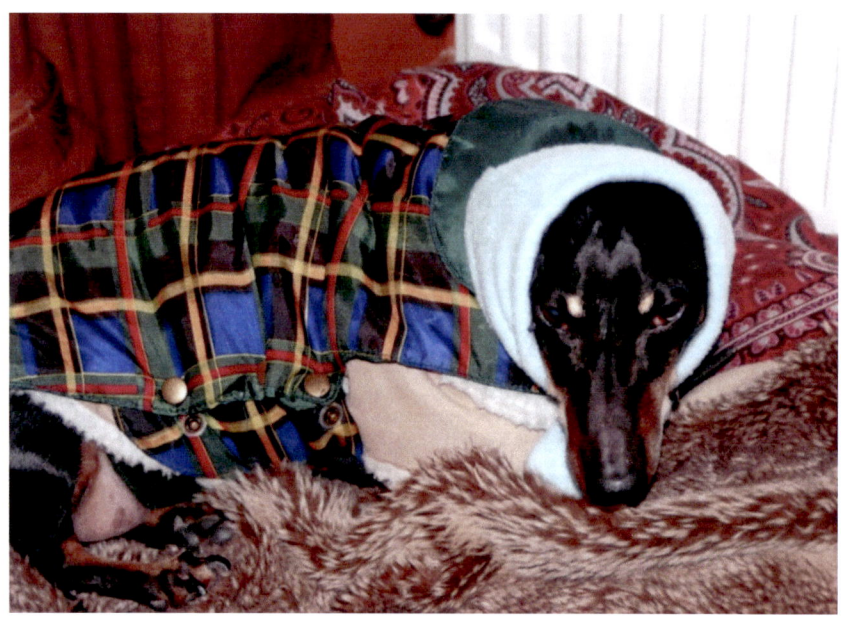

Unser Niko, gerüstet für's Gassi bei minus 14 Grad

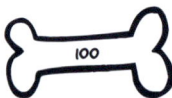

Kapitel 20

Macht es wie die Hunde!

Ein Hund hat die Seele eines Philosophen
(Platon)

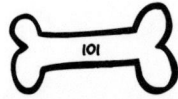

Leute, macht es wie die Hunde! Was soll das bloß bedeuten?! Ich, euer alter Freund Josef, werde es euch erklären: Ihr Zweibeiner macht euch manchmal unnötig das Leben schwer. Das können wir Buffis echt nicht mit ansehen! Das fängt bei Kleinigkeiten an – schaut auf uns Hunde, wir machen euch doch ganz genau vor, was zu tun ist! Stellt euch vor, ihr habt 40 °C-Sommerhitze. Was macht der Dackel da? Er springt dreimal am Tag in den See und kühlt sich ab, zuhause legt er sich auf die kalten Fliesen! Zudem säuft er den ganzen Napf Wasser leer. Also Leute, wie macht ihr das in Zukunft? Richtig, wie der Hund – ihr kühlt euch ab, macht ein Päuschen im Kühlen und trinkt Wasser bis zum Abwinken!

Und warum arbeitet ihr alle denn eigentlich so viel? Leute, alles easy, macht mal langsam, macht Päuschen, besinnt euch aufs Leben und auf das Wesentliche! Wer nur arbeitet, der lebt doch nicht, Mensch! Und wie macht der Hund das mit dem Augenblick? Richtig, der Dackel lebt für den Augenblick! Leute, gestern ist längst vorbei und morgen kommt ein anderes Mal, aber der Moment ist JETZT – also macht es euch JETZT so schön, wie ihr nur könnt. Übrigens, dazu braucht man kein Geld! Geht in die Natur, an Bäche, Flüsse, an Seen, ans Meer, in Wälder, auf Wiesen – überall dahin, wo auch der Hund gerne spazieren geht! Schaut euch die Welt an, die Fauna, die Flora, das Leben – ihr werdet kostbare Schätze entdecken!

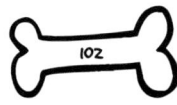

Und Leute, wenn ihr so richtig müde seid, dann macht mal ein Päuschen – 10 Minuten Pfoten hochlegen bewirkt Wunder! Ich könnte ja jetzt noch sagen, wackelt mal so richtig mit dem Schwanz, wenn ihr euch freut … aber das geht ja nicht. Aber freut euch mal ein bisschen mehr und jammert nicht auf hohem Niveau! In Afrika haben die Menschen kein Wasser, nichts zu essen, viele Menschen haben kein Dach über dem Kopf – Leute, solche Sorgen hat keiner von euch!
Und seid ruhig mal wieder spontan! Auch im Umgang mit euren Mitmenschen – ehrlich und spontan! Ihr wisst ja, der Hund liebt seinen Freund und frisst seinen Feind – naja, das müsst ihr jetzt nicht im Detail imitieren!!

Und bewahrt euch euer liebendes, gutes und verzeihendes Herz und ich zitiere abschließend Martin Luther King: „Du brauchst nicht den ganzen Weg zu sehen, geh' einfach nur den 1. Schritt".

Ich wünsche euch viel Erfolg dabei und hoffe, wir hören mal wieder voneinander!

Alles Gute, euer Josef

Wenn wir jetzt in den Norden
fahren, kralle ich mir ´ne
heisse Braut

Kapitel 21

Die Idealbesetzung

Hunde sind die Götter auf Erden – durch
jeden Hund spricht Gott zu dir!

Liebe Leute, das Schicksal ist launisch, wie die See und ich, euer Niko, will noch ein paar letzte Worte an euch richten! Ihr wisst, ich steuere auf die HUNDert zu – wer weiß, ob wir in dieser Besetzung nochmals voneinander hören und ihr wisst ja auch, wer lange leben will, muss sich mit dem Tod beschäftigen, das bleibt nicht aus!

Meine so heißgeliebte Xenia sagte kürzlich zu mir: „Der Tag wird kommen, da wir dich der Erde und dem großen Ganzen übergeben müssen, ganz gleich, ob wir das eigentlich gar nicht wollen. Der Schmerz wird unerträglich sein und deine Lücke, liebster Niko, wird niemals zu füllen sein. Wenn das soweit ist und wir hoffen es hat noch Zeit – werde ich und wir alle dich jede Sekunde des Tages vermissen, mein Herz! Aber es werden auch die Tage kommen, an denen die Erde und das große Ganze UNS holt und wir alle werden uns dann wiederfinden. Dann werden wir tanzen, singen und ausgelassen feiern! Und noch in diesem Leben werden wir dankbar sein über ein so großes Glück, sich überhaupt erst gefunden haben zu dürfen."

Ihr seht also Leute, welch' große und unendliche Liebe uns immer noch verbindet und das tut so gut! Und vielleicht kann man die guten Zeiten auch nur deshalb so intensiv spüren und schätzen, weil man auch die schlechten schon durchgemacht hat!

Und ich denke, ich habe nicht nur Liebe empfangen, sondern auch gegeben! Frauchen sagt, ich sei ein Lebewesen, das 13 Jahre ausnahmslos, jede verdammte Minute des Tages Freude und Glück beschert hätte. Solche Lebewesen mag man natürlich niemals hergeben. Alles ist von beiden Seiten gebend – es ist das größte Geschenk, das man auf Erden haben kann! Und wie sagt meine Xenia immer so schön: „Hunde sind die Götter auf Erden und durch jeden Hund spricht Gott zu dir." Irdisch-göttlicher Luxus!

Und ihr wisst ja, ein Augenblick der unser Herz berührt, geht niemals verloren und egal was passiert, diese große Liebe trägt man immer in sich!

Natürlich mache ich mir auch Gedanken über das Sterben. Dafür habe ich mir zwei Luxusvarianten ausgedacht: Variante 1 wäre einfach nur aus Altersschwäche in meinem Lieblingskörbchen sanft einzuschlafen, wenn alle meine Lieben um mich herum sind und „der Betrieb ganz normal weiterläuft". Variante 2 wäre der Idealfall: Gretel wird mal wieder läufig, ich kralle sie an den Lenden und erfülle mir noch einmal meinen lang ersehnten Wunsch! Ich würde nach Beendigung des Aktes sofort einen Herzstillstand erleiden und im schönsten Moment meines Lebens die Erde verlassen! Zudem würde Gretel dann einen oder mehrere kleine Nikos gebären, so dass unser unser Frauchen , unser Herrchen und

meine Familie nicht gar so traurig wären und noch einen kleinen, irdischen Teil von mir dabehalten könnten! Es wäre dann vermutlich „Der kleine Nick" oder im Notfall gar die kleine „Nickoletta" - wer weiß?

Was auch immer, wann auch immer passiert - wer weiß das schon? Und egal wie es kommt, ich bin und bleibe die Ideal-besetzung!

Ich hoffe, wir hören wieder voneinander! Passt auf euch auf und vergesst die Liebe nicht! Und ihr wisst ja: wenn viele kleine Menschen in vielen kleinen Städten viele kleine, gute Dinge tun, dann geben wir der Welt ein neues Gesicht!
Aber irgendwann muss man mal anfangen mit dem Aufhö-ren!

Ich liebe euch, also tschüss und auf hoffentlich bald mal wie-der!

Euer guter, alter Freund Niko

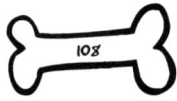

Auf bald, Küsschen, Euer Niko

Das interne kleine Lexikon von Niko

Beißbrumme   6 Wochen alter Knuddelbuff, der alles annagt

Brummigel   8 Wochen alte Beißbrumme, die angefangen hat zu knurren

Brummili   männliches Baby eines Buffis

Brumsel   weibliches Baby eines Buffis

Brummkreisel   Kampftiger, der einen Schwanz fängt

Buffi   schönes Wort für Hund

CHIC-sal   chic angezogener Dackel

Duckel   Dackel, der Enten jagt

ein Felix   ein Dackel

Fellosophie   Philosophie von Niko

Ficktion	ein Wunschakt
Gähntechnologie	eine Gentechnologie, die nicht vor wärts kommt
Gassieren	Gassi – spazieren gehen
Hunde-Buff	Freudenhaus für Buffis
Hunduismus	Religion, bei der Menschen Hunde heiraten
Kampftiger	14 Woche alte Wuchtbrumme
KETTEN-reaktion	wenn eine Buffidame immer mehr Ketten will
Klugschieter	einer, der alles besser weiß
Knuddelbuff	2 Wochen alte Brumsel bzw. Brummili
Liebeslicht	Paradies
Paulading	Patenkind von Xenia

Riesenbrummer	10 Wochen alter Brummigel – Frechdachs, der ziemlich dick ist
Rolltiere	Autos aus Sicht von Buffis
Rukuvuni	ein Dackelkind als geballte Ladung Liebe
Schmiergeld-AFFÄRE	Sex gegen Geld
Schneckennudel	Kira, deren Schnecke genudelt wurde
S-experte	Experte zum Thema Sex
Sucksuck	Josef, der Dauerlutscher
Vollblutdackelhengst	Josef, der Mann, der deckte
Wetterinär	Tierarzt, der schön Wetter macht
Wuchtbrumme	12 Wochen alter Riesenbrummer
Zauberbox	Abfalleimer, gefüllt mit Leckereien

Über die Autorin:

Anja Roschke, geb. 09.02.1963, wohnhaft in Mannheim arbeitete nach dem Abitur im sozialen Bereich als Altenpflegerin, Dozentin an Altenpflegeschulen und Mitarbeiterin eines ärztlichen Bereitschaftsdienstes.

Mit zunehmendem Interesse am medizinischen Bereich besuchte sie die Heilpraktikerschule. Seit 1998 ist sie selbstständig mit einem Wellness-Studio und arbeitet auch als Bioresonanztherapeutin und Klassische Homöopathin.

Die Kunst begleitete sie ein Leben lang und als Sängerin einer Pop-Rock-Band komponierte und textete sie Songs, später schrieb sie Gedichte und Kurzgeschichten. Der Malerei und Töpferei ist sie auch sehr zugetan.

Zudem produzierte sie eine CD für behinderte Kinder und Jugendliche. Sie schrieb alle Gesangslinien und Texte selbst und so reiften die Musikstücke zu einer fröhlichen CD heran. Mit 35 Jahren ist sie auf den Hund gekommen und erfüllte sich somit ihren Kindheitstraum. Mit Niko, dem Dackel, verbindet sie ein besonderes Band – sie sind Seelenverwandte.

Mit den Geschichten um Niko erfüllte sie sich einen weiteren Wunsch, nämlich ein kleines Buch zu schreiben, das in erster

Linie Freude vermitteln und zum Weiteren ihren treuesten Begleiter Niko zum ewigen Leben verhelfen solle!

Nach erfolgreichem Feedback und vielen Positivmeldungen des 1. Bandes ist Band 2 von „Niko" erschienen, welches hoffentlich im gleichen Maße Spaß bereitet, sowie zum Schmökern und Schmunzeln einlädt!

Im Dezember 2011 erschien der 3. Band von Niko: „Alles hunderbar in Dackelhausen", in Liebe gewidmet: Wolfgang Roschke

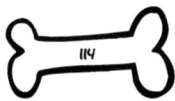

Impressum:
© 2011 Anja Roschke
Herstellung und Verlag: Books on Demand GmbH, Norderstedt
ISBN: 978-3-8448-0835-3